Astrid Töpfner
Wenn aus Winter Wärme wird

AF177022

Impressum

Wenn aus Winter Wärme wird
1. Auflage Oktober 2024
© 2024 Astrid Töpfner
Alle Rechte vorbehalten

Lektorat: Lektorat Meerwoerter
Korrektorat: Lektorat Meerwoerter
Layout und Satz: Stefanie Scheurich, Bildmaterial: freepik.com
© **Covergestaltung:** Laura Newman – design.lauranewman.de

Astrid Töpfner
Calle la Selva 17
E-17480 Roses (Spanien)
astrid@astrid-topfner.com
www.astrid-topfner.com

Bibliographische Information der Deutschen Nationalbibliothek: Die Deutsche Nationalbibliothek verzeichnet diese Publikation in der deutschen Nationalbibliographie; detaillierte biblio-graphische Daten sind im Internet über dnb.dnb.de abrufbar.

ISBN: 978-3-759-23652-4

Herstellung und Druck über tolino media GmbH & Co. KG, Albrechtstr. 14, 80636 München. Printed in Germany. Fragen zu Produktsicherheit an: gpsr@tolino.media.

ASTRID TÖPFNER

WENN AUS WINTER WÄRME WIRD

ROMAN

Für Papa,
der jedes Jahr fünfzehn oder mehr Sorten
Kekse mit uns gebacken hat, von denen wir
(tiefgekühlt und portionsweise aufgetaut)
bis Ostern naschen konnten.

Für Mama.
Weihnachten ist nicht mehr das Gleiche,
seit du nicht mehr hier bist.
Ich vermisse dich.

KAPITEL I

17. November

Tania

Es gab zwei Arten des Abnabelungsprozesses: den friedlichen, sich über Jahre hinziehenden, kaum merkbaren. Und den kurzen, schmerzhaften. Ratsch, Pflaster ab. Einmal aufgeheult, durch. Problematisch wurde es dann, dachte Tania, wenn die beiden Parteien, Eltern und Kind, nicht dieselbe Vorstellung davon hatten, und drückte den Anruf ihrer Mutter weg. Es war neun Uhr morgens, konnte sie sie nicht einfach ihr Leben leben lassen, ohne sich weiterhin einzumischen?

»Soll sie sich doch ein Haustier zulegen, wenn sie sich einsam fühlt. Es gibt nichts Besseres als eine flauschige, warme, schnurrende Katze, nicht wahr, meine Süße?«, murmelte sie Tigris ins getigerte Fell und kraulte ihren Bauch, bis das Tier vor Vergnügen alle viere von sich streckte. Durch ihre entzückten Laute hindurch vernahm Tania aber noch etwas anderes: ein verzweifeltes dumpfes Maunzen.

»Hast du deinen Bruder wieder im Vorzimmerschrank eingesperrt, du Schlingel?« Sie drückte der Katze einen letzten Kuss zwischen die Ohren und erhob sich, um Euphrat aus seinem Gefängnis zu befreien. Wahrscheinlich hatte ihre Mitbewohnerin Clémentine den Schrank nicht richtig geschlossen, als sie vor einer Stunde die Wohnung verließ, der neugierige, aber auch ein wenig einfältige Kater war hineingeschlüpft und Tigris hatte die Tür zugeschubst, bevor sie zu ihr ins Zimmer gekommen war, um ihre Streicheleinheiten einzufordern. Es war ein Spiel, das sie wiederholte, wann immer sich ihr die Gelegenheit bot, wahrscheinlich einfach, um zu demonstrieren, wer von den beiden Tieren mehr Macht besaß. Manchmal wünschte sich Tania, sie könnte ihre Gedanken auch einfach in einen Schrank stecken und sie damit in ihre Schranken verweisen, aber als sie die Tür öffnete und den Kater hochhob, er sie mit großen, dankbaren Augen ansah, sah sie Simon vor sich, die Liebe in seinem Blick, und sofort sammelte sich die Wut wieder in ihrem Bauch wie kleine magnetische Splitter, angezogen von etwas, das nicht mehr war.

Zwei weitere verpasste Anrufe in den letzten fünf Stunden.

»Sag mal, ruft dich deine Mutter auch gefühlt jeden Tag an?«, fragte sie ihren Kommilitonen, während sie ihre Unterlagen in die Tasche packte. Sie kannte

nicht einmal seinen Namen und er ihren wahrscheinlich auch nicht, so verwirrt, wie er sie anschaute.

»Ich wohne noch bei meinen Eltern, ich sehe sie
täglich, also ...«

Tania winkte ab, schulterte ihren Rucksack und
verließ den Hörsaal. Ausziehen, das war das Erste
gewesen, was sie getan hatte, nachdem sie wieder
hatte klar denken können. Jeden Tag das Gesicht
ihrer Mutter sehen zu müssen, wie sie sie mitleidig
und um Verständnis heischend anblickte, das würde
sie nicht ertragen. Zum Glück hinterließ sie nie eine
Nachricht auf der Mailbox, sodass Tania ihre Stimme
nicht hören musste, und auch bei Whatsapp be-
schränkte sie sich auf das Schreiben, als wüsste sie,
dass sie diese Grenze nicht überschreiten durfte. Die
Nachrichten wischte Tania weg, sie sah ja in der
Vorschau, in der die erste Zeile auftauchte, dass es
sich immer um dasselbe drehte. *Kannst du bitte ...
Können wir nicht einfach ... Findest du nicht, dass
langsam ...* Wie gern würde sie die Nummer ihrer
Mutter blockieren, um sich diese Arbeit zu sparen,
aber da war noch ein kleiner Widerstand in ihr, ein
feinster Schmerz, den der klare Schnitt selbst nach
einem Jahr noch aussandte, als ob einige unsichtbare
Fäden dieser Nabelschnur zwischen Mutter und
Tochter nicht durchtrennt worden wären und nun
ziepten. Tania erwischte sich dabei, wie sie in solchen Momenten innehielt und in sich hineinhorchte.
Er war da, der Schmerz, er war unangenehm und

wollte erlöst werden, aber er war nie so groß wie die Wut.

Mitte November, der Himmel war grau, die Gebäude waren grau, der Fluss war grau; Nieselregen begleitete Tania auf ihrem Weg von der Eidgenössischen Technischen Hochschule zum Zürcher Hauptbahnhof. Ihr Hunger rief nach einem Döner, stattdessen packte sie im Gehen ein belegtes Brot aus dem wiederverwendbaren Wachstuch. In einer halben Stunde fing ihre Schicht an der Supermarktkasse in der Bahnhofspassage an. Wer unabhängig sein wollte, musste eben arbeiten und die Ausgaben klein halten. Hauptsache, sie musste nicht ihre Mutter um Geld bitten. Außerdem hatte Simon auf seinem Heimweg hier immer wieder mal eingekauft; dass sie den Job überhaupt bekommen hatte, war ihr wie ein Wink des Schicksals erschienen, so als wäre das letzte Wort noch nicht gesprochen.

Der Tumult in der Bahnhofshalle elektrisierte sie. Lautsprecheransagen kündigten abfahrende und ankommende Züge an, bremsende Räder quietschten auf den Schienen, Menschen, die rannten, Menschen, die lachten, unweit von ihr stritt sich ein älteres Paar auf Französisch, irgendwo erklang das rhythmische Klacken eines Blindenstocks. In wenigen Tagen eröffnete der Christkindlmarkt in der großen Halle, die Vorbereitungen waren in vollem Gange. Sie freute sich auf den riesigen Tannenbaum und die über hundert Stände, auf den Duft von gebrannten Mandeln, Zimt und Glühwein. Im Moment jedoch roch es nach Kaffee, Bratwürsten, nassen Mänteln und Pendlerstress. Einfach in einen Zug steigen und irgendwohin fahren, dachte Tania, woanders jemand anderes sein, dachte sie, und dann wischte sie diese dummen Gedanken wieder weg, als wären sie Regentropfen vor ihrer Sicht; sie brauchte aber einen klaren Blick. Hier war sie Simon das erste Mal begegnet, sie hatte nach oben gestarrt, auf die Anzeigetafel, er war in sie hineingestolpert und sie hatte ihren Kaffee verschüttet. Klassiker. Damit hatte alles angefangen. Ach Simon … Tief holte sie Luft. Das Vermissen tat körperlich weh. Sie hatte auch mit dem Gedanken gespielt, bei ihm zu Hause aufzukreuzen, zumindest in seiner Straße zu warten oder an der Haltestelle des Busses, den er nach der S-Bahn noch nehmen musste. Sie traute sich nicht. Sie war nie bei ihm zu Hause gewesen, und der Gedanke daran fühlte sich an wie ein Einbruch in seine Privatsphäre, die ihr nicht mehr offen stand. Sie war schließlich keine Stalkerin! Oder höchstens ein kleines bisschen … Ihr Blick blieb an einem jungen Mann hängen, der aussah, als beobachtete er sie schon seit einer Weile, und ganz automatisch lächelte sie und er lächelte zurück, gewinnend, einladend. Abrupt drehte sie sich um. Was tat sie da? Sie war nicht bereit für jemand anderen.

Pieps, pieps, pieps, ein Produkt nach dem anderen zog sie über den Scanner, einen Beutel Salat, eine Flasche French Dressing, einen Camembert, eine Doppelpackung Speckwürfel, eine Packung Banana-Split-Eis, neunundzwanzig Franken und dreißig Rappen macht das bitte, Cumulus-Karte? Einen schönen Nachmittag wünschen, dann einen schönen Abend, immer freundlich lächeln und dabei die Kunden an allen Kassen beobachten, hoffen, hoffen.

Der ältere Herr, der an der Reihe war, legte vier Dosen Katzenfutter und eine Packung Lebkuchen aufs Band. In fünf Wochen war Weihnachten. Seit der Scheidung ihrer Eltern, da war sie neun oder zehn gewesen, hatte sie Weihnachten immer mit ihrer Mutter gefeiert. Ein richtiger kleiner Weihnachtsfreak war ihre Mutter gewesen, hatte die Wohnung schon vor dem ersten Advent geschmacks- und stimmungsvoll dekoriert, Kerzen, Plätzchen, Lebkuchen, *Leise rieselt der Schnee*. Letztes Jahr hatte Tania allein mit Euphrat und Tigris in ihrem kahlen WG-Zimmer gesessen und geweint, wegen Simon, hatte sie gedacht, aber eigentlich auch ein bisschen, weil ... Nein, was dachte sie da? Sie vermisste ihre Mutter nicht. Etwas zu hastig zog sie die Lebkuchenpackung über den Scanner, sie flog davon, und als Tania ihr erschrocken nachsah, erblickte sie ihn.

»Simon!«

Der ältere Herr schaute verwirrt zwischen ihr und dem Lebkuchen hin und her, nach dem er sich dann bückte, während Tania sich hinter der Kasse hervordrängte und sich durch das Gewühl schlängelte, dem hochgewachsenen Mann hinterher. Aber als sie ihn erreichte, sich vor ihn stellte und endlich, endlich Tacheles reden wollte – »Warum hast du nachgegeben, wie konntest du einfach nicht um uns kämpfen, warum hast du meine Nummer blockiert, wir hätten uns weiterhin sehen können, im Geheimen, noch geheimer« –, war es nicht ihr Exfreund, ganz und gar nicht, wieder einmal nicht.

»Frau Weber.« Ihre Vorgesetzte packte sie am Ellbogen und manövrierte sie zu ihrer Kasse zurück. »Das war der zweite Vorfall dieser Art, seit Sie hier angefangen haben. Noch einmal sollten Sie sich das nicht erlauben, haben wir uns verstanden?«

Kleinlaut nickte sie und stellte sich wieder hinter ihre Kasse.

»Entschuldigen Sie bitte«, murmelte sie und nahm dem Kunden den Lebkuchen aus der Hand. »Das macht elf Franken und neunzehn Rappen. Cumulus-Karte?«

Der Herr hielt ihr das Geld und die Karte hin. »Liebeskummer?«, fragte er freundlich.

Tania nickte und ließ das Wechselgeld in seine offene Hand fallen.

»Er geht vorbei, wissen Sie?«, sagte er. »Er geht vorbei, auch wenn Sie es jetzt nicht glauben wollen. Vertrauen Sie einem alten Mann wie mir.«

Sie lächelte gequält. Er sollte doch nicht vorbeigehen. Er sollte gar nicht erst angefangen haben.

KAPITEL 2

20. November

Kati

November, das war der Monat, in dem sich der goldene Spätherbst mit dem silbrigen Frühwinter mischte, in dem Kürbisse als Farbtupfer im grauen Nebel mit ersten Weihnachtsdekorationen konkurrierten und in dem die kurzen Tage müder machten als die langen Nächte. Kati gähnte herzhaft und wuschelte sich mit der freien Hand durch die kurzen Haare, knetete die Lockentolle, die ihr in die Stirn fiel, aber durch die Feuchtigkeit ganz krisselig war. Der Pappbecher in ihrer anderen Hand wurde langsam gefährlich heiß, und während sie einen Schluck Kaffee schlürfte, dachte sie wieder daran, dass sie sich doch endlich einmal so einen Coffee-Mug-to-go kaufen sollte. Aber andererseits arbeitete sie doch höchstens zweimal die Woche nicht von zu Hause aus, sondern in der Stadtbibliothek, zu der sie jetzt auch unterwegs war, oder im Sommer auch mal in einem Café oder sogar im Park. Am schönsten war es immer in ihrer kleinen Wohnung, nur manchmal, da brauchte sie eben doch eine kleine Dosis Inspiration von außen. Wenn da nur nicht all diese Menschen wären! Die Geräusche, die Bewegungen, die Gerüche! Kati hielt die Luft an, als ein Bus, der nicht ihrer war, an der Haltestelle vorbeirauschte, und musste lachen, als sie einen Mann dabei beobachtete, wie er mit der Hand vor seiner Nase herumwedelte, um den Gestank zu vertreiben. Er musste sie bemerkt haben und verdrehte theatralisch die Augen. Gut sah er aus.

»Ab in den Urlaub?«, fragte sie und deutete auf seinen kleinen Koffer.

»Flugbegleiter«, antwortete er, und jetzt fiel Kati auch die Uniform auf, die halb unter seinem Mantel versteckt war.

Kokett legte sie den Kopf schief. »Und wo geht es hin?«

»London. Zweimal heute.«

»Klingt nicht sehr entspannend«, meinte Kati und lächelte.

Der Mann lächelte zurück und trat einen halben Schritt näher. Er roch auch gut. »Ist halt mein Job. Gibt Schlimmeres. Und du?«

»Grafikdesignerin. Gibt auch Schlimmeres.« Er hatte etwas zu eng stehende, aber dennoch charmant leuchtende braune Augen. Wenn sie sich wieder einmal begegnen sollten, würde sie zumindest nach seiner Nummer fragen. Aber jetzt kam ihr Bus.

Sie mochte die Stuttgarter Stadtbibliothek am Mailänderplatz. Es gab viele Kritiker, zu weiß, zu kalt, zu modern, aber sie mochte weiß. Und kalt. Vor allem mochte sie die Ruhe, die andächtige, die Seele beruhigende Ruhe, die hier herrschte. Jedes Mal, wenn sie das Gebäude betrat, dachte sie an die winterlichen Morgen, an denen man wusste, dass es nachts geschneit hatte, bevor man überhaupt die Vorhänge aufzog. Es war wie ein Haus aus frisch gefallenem Schnee, in dem jegliche Geräusche verschluckt wurden.

Wieder musste sie über sich selbst lachen, während sie die Treppe bis ins achte Obergeschoss hinaufstieg, wo die Ebene Kunst untergebracht war. Dort saß sie am liebsten, wenn sie an neuen Buchcover-Entwürfen ihrer Kunden bastelte. Rasch überflog sie ihren Maileingang: Eine ihrer Stammkundinnen brauchte wieder einmal ganz viel dringender als alle anderen ein Cover, weil sie – Überraschung – ihren Veröffentlichungstermin nach vorn geschoben hatte. Was sie jedes Mal tat, dachte Kati, und sie fragte sich, warum die Autorin ihre Termine nicht gleich von Anfang an besser einteilte. Sie würde in den nächsten Tagen ein paar Überstunden schieben müssen, denn die anderen Kunden sollten deswegen schließlich nicht länger auf ihre Vorschläge warten müssen. Ja, sie mochte ihre Arbeit, aber manchmal ... Kati ließ den Blick über das weiße Interieur schweifen und saugte die gedämpfte Ruhe in sich auf. Manchmal würde sie gern ein wenig kürzertreten und etwas anderes machen.

Bevor sie sich endgültig in die Arbeit stürzte, schrieb sie noch eine Nachricht an Martha.

> He Wildsau! Wie war dein Wochenende?
> Nix gehört?

Seit Martha verheiratet war, also seit ziemlich genau vier Jahren, gehörten die Wochenenden nur ihrem Benni. Und das, nachdem sie als beste Freundinnen die dreißig vorangehenden Jahre gefühlt jeden Samstag und jeden Sonntag gemeinsam verbracht hatten. Ein feiner Schmerz kratzte an Katis Herzen, sie wusste nicht, ob Bennis oder Marthas wegen, aber dann dachte sie an die warmen Augen des Flugbegleiters und daran, wie fantastisch unkompliziert es doch war, Single zu sein. Und wie, um sich das selbst zu bestätigen, schickte sie dem jungen Mann, der unweit von ihr stand und in einem Bildband blätterte, ein strahlendes Lächeln, das er wie automatisch erwiderte, als er den Blick hob. Es gab doch nichts Schöneres, als völlig ungezwungen flirten zu können! Solange man sich dabei an die Regeln hielt, musste sich Kati in Erinnerung rufen, solange man sich dabei an die Regeln hielt. Tief atmete sie ein und wieder aus, um die Gedanken aus ihrem Kopf zu vertreiben, und öffnete endlich das Programm, um ihren Arbeitstag zu starten.

KAPITEL 3

20. November

Florian

Verstohlen blickte er auf die Wanduhr und unterdrückte ein Gähnen. Gestern hatte ein Sechzigjähriger seinen Geburtstag bei ihnen im Hotel gefeiert, eine Gruppe von zwanzig Personen, die Küche war länger als normal offen geblieben, und nach vier Stunden Schlaf hatte sein Kollege ihn wachgeklingelt, er möge bitte die Frühstücksschicht übernehmen, weil er mit Schüttelfrost im Bett liege. Im Bett liegen wollte Florian jetzt auch, am liebsten allein, um einfach zu schlafen, aber stattdessen stand Emma im Wohnzimmer seiner Eltern und quasselte auf ihn ein, als ob es kein Später gäbe. Es rauschte dumpf in seinen Ohren und er verstand nur jedes zweite ihrer Worte.

»Hm«, sagte er, »aha«, nickte und griff nach einer Mandarine, die in der Schale auf dem Couchtisch lag, zwischen Erdnüssen und diesen grässlichen mit Aprikosenmarmelade gefüllten Lebkuchenherzen. War nicht erst Mitte November? »Früher konnte es dir nie früh genug sein«, hatte seine Mutter geantwortet, als er sie vor einigen Tagen fragte, warum sie die Weihnachtsdeko jetzt schon aus dem Keller geholt hatte. Früher, da war er auch ein Kind gewesen. Jetzt war er Mitte zwanzig. Und ja, er wohnte immer noch daheim, warum nicht? Emma wollte gern mit ihm zusammenziehen, aber sie studierte noch, sollte er dann die ganze Miete zahlen? Obwohl, wenn er so recht überlegte, hatte sie das Thema seit Längerem nicht mehr …

»Findest du auch, Flo?«

»Aha«, antwortete er, grub seinen Daumennagel in die weiche Schale, ein bisschen Saft spritzte heraus. Der erfrischende Duft belebte ihn ein wenig, und in der Stille, die plötzlich im Raum lag, dämmerte ihm, dass er etwas Falsches gesagt hatte. Langsam zog er an der Schale, so ein befriedigendes Geräusch. Er war doch einfach nur müde.

»Hast du mir überhaupt zugehört?« Emma keuchte empört. Das konnte sie gut. Sie war so liebenswert, so hübsch, sie konnte dank ihres braunen Gürtels in Judo jeden Typen vermöbeln und dank ihrer Intelligenz selbst mit seinem Vater mithalten. Aber wenn sie empört war, dachte er und legte die halb geschälte Mandarine ganz langsam auf den Tisch, dann war fertig lustig. Und sie empörte sich in letzter Zeit über vieles, fand er, über vieles mehr als früher, was ihn direkt wieder zu dem vorherigen Gedanken brachte. Hatten diese Gereiztheit und die Tatsache, dass sie ihr Zusammenziehen nicht mehr erwähnte, etwas miteinander zu tun? Das Dröhnen in seinen Ohren wurde gleich noch etwas lauter.

»Hallo? Erde an Florian?« Seine Freundin wedelte hektisch vor seinem Gesicht herum, er wischte ihre Hände unsanfter zur Seite, als er vorgehabt hatte.

»Lass das.«

»Geht's noch?« Ihre Stimme wurde schrill. »Ich erzähle dir, dass meine Schwester heiraten wird, und du sitzt da wie ein Zombie! Bin ich dir so egal? Interessiert dich mein Leben gar nicht?« Jetzt schlichen sich Tränen in ihre Worte, und er wusste, er sollte aufstehen, sie in eine Umarmung ziehen, sich entschuldigen.

»Ich habe vier Stunden geschlafen«, sagte er stattdessen patzig. »Eben wollte ich mich hinlegen, weil ich um fünf bereits wieder in der Küche stehen muss, ich bin hundemüde, und du platzt einfach hier rein nach deiner entspannten Vormittagsvorlesung, ohne auch nur zu fragen, ob's mir passt, und dann heulst du mir die Ohren voll? Geht's noch bei dir?«

Emma starrte ihn an, blinzelte dann, als ob sie sich erhoffte, dadurch ein klareres Bild der Situation zu erlangen. Dabei löste sich eine Träne aus ihren Wimpern und lief ihr über die Wange. Früher, ach was, früher – noch vor ein paar Wochen hätte sie einen dummen Spruch gebracht, damit sein zugegebenermaßen manchmal etwas aufgeblasenes Ego wieder Land unter die Füße bekam. Aber jetzt blieb sie stumm und heulte, und das machte ihm plötzlich Angst.

»Was ist denn los mit dir?«, fragte er versöhnlich und stemmte sich umständlich aus der Couch hoch.

»Mit mir? Nichts.«

»Nichts?« Er ließ sich wieder sinken. »Wie, nichts?«

»Was soll schon sein? Außer, dass mein Freund sich seit Wochen für nichts mehr interessiert, was ich ihm erzähle, dass er nicht mit mir zusammenziehen will, weil er lieber wie ein Schmarotzer bei Mami und Papi lebt, und jetzt …«

»Seit Wochen? Du bist doch seit Wochen so komisch drauf! Das ist nicht mehr die Emma, in die ich mich verliebt habe!«

»Ach nein? Und was, willst du jetzt Schluss machen?«

»Willst du denn Schluss machen?«

Die letzten zwei Sätze hingen wie dunkle Wolken zwischen ihnen, und während sie sich nur langsam auflösten, sah Florian Emma erschrocken an und sie musterte ihn bestürzt.

»Nein«, sagten sie dann beide gleichzeitig, und Flo sprang auf, plötzlich hielt ihn nichts mehr auf dem Sofa, zwei Schritte, dann stand er vor Emma und zog sie endlich in diese Umarmung, die schon vor fünf Minuten fällig gewesen wäre.

»Tut mir leid, Süße«, murmelte er. Es dauerte noch ein paar lange Sekunden, bis Emma ihren Kopf an seine Brust lehnte. Was war er doch für ein Vollidiot.

Emma war wunderbar, er musste sich zusammen-
reißen, und auch wenn er sich nicht daran erinnern
konnte, in den vergangenen paar Wochen weniger
Interesse oder Zeit für sie aufgebracht zu haben, entschuldigte er sich. »War echt viel los in der Arbeit.
Du weißt, da werde ich manchmal ...«

»Zum Arsch.«

Nein, das war doch etwas zu heftig, fand er, aber
er wollte Emma nicht widersprechen. »Ja, genau. Verzeih mir. Lass uns gleich am Wochenende anfangen,
eine Wohnung zu suchen, okay? Und was war mit
deiner Schwester?« Die bleierne Müdigkeit war einer
elektrischen Schärfe gewichen; er hatte das Gefühl,
gar nicht mehr stillstehen zu können. Ihr Duft raubte
ihm den Verstand, er liebte sie doch, seine Emma,
und sie liebte ihn, ganz sicher, so wie sie sich an ihn
schmiegte und ihm jetzt ihren Mund hinhielt.

»Erzähle ich dir nachher«, nuschelte sie an seinen
Lippen und fuhr mit ihrer Hand unter sein Shirt.

Im Halbschlaf bemerkte er, wie Emma aufstand.
Wohlig drehte er sich in die warme Kuhle, die ihr
Körper hinterlassen hatte. Das Wasser im Bad rauschte, oder war es Regen, der an die Scheibe prasselte?
Novemberwetter ... Ob es dieses Jahr überhaupt vor
Weihnachten schneien würde? Eine gedämpfte Melodie erklang aus dem Kleiderhaufen vor dem Bett,
es war Emmas Telefon. Träge streckte er den Arm
unter der Decke hervor, kam aber nicht dran.

»Dein Telefon hat geklingelt«, sagte er, als sie kurz darauf aus dem Bad kam, der vorhin noch verschmierte Lippenstift akkurat neu aufgetragen, die vor Lust geröteten Wangen sanft gepudert.

»Ach?« Sie zog es hervor und sah nach. »Deine Mutter. Hm. Sie hat Fotos geschickt …«

Es klingelte erneut. »Hallo Hanna!«, rief Emma fröhlich. In den zwei Jahren, die er mit ihr zusammen war, war sie zur besten Freundin seiner Mutter mutiert. Wahrscheinlich telefonierten die beiden öfter als er mit Emma, dachte er belustigt.

»Die gelbe oder die weiße Jacke, meinst du?«

Seine Mutter war mittlerweile auf Lautsprecher. »Ja, ich kann mich nicht entscheiden, Liebes, du hast so einen tollen Geschmack und ich möchte gut darin aussehen.«

»Du siehst immer gut aus, Hanna«, schmeichelte Emma und seine Mutter lachte entzückt.

»Hach, du bist ein Goldstück, Liebes. Thomas hat mir zum Hochzeitstag ein Wochenende im Engadin geschenkt, im Dezember, weißt du? Und ich habe keine so dicke Jacke, ich geh doch sonst nie in die Berge.«

»Wie aufmerksam von ihm, was für ein schönes Geschenk«, sagte Emma, und dachte er das nur oder warf sie ihm einen schrägen Blick zu, als wollte sie ihm sagen, er solle sich ein Beispiel nehmen?

»Dann unbedingt die gelbe«, murmelte er halb ins Kissen. »Damit sie nicht im Schnee verloren geht.«

»Was hast du gesagt, Liebes?«, fragte seine Mutter.

Emma schmunzelte und streckte ihm die Zunge raus. »Die weiße, Hanna, die weiße!«

KAPITEL 4

29. November

Kati

Sie feierte gern, aber bitte gediegen und nicht mit Hunderten Leuten, die sie nicht kannte, wo sich angenehme und unangenehme Gerüche, Berührungen, Lachen und Schreien mit der Musik zusammen zu einem Teppich an Eindrücken verwebten, der sie überforderte. Mit einem leichten Schauern dachte sie an Marthas Geburtstagsfeier vor einem halben Jahr zurück, die sie in ihrem Haus und Garten ausgerichtet hatte. Die Party hatte sie an diese Collegefeiern erinnert, die man in Filmen oft sah. Obwohl sie alle zwischen dreißig und vierzig Jahre alt waren, hatte eine ähnlich ausgelassene, ja wenn nicht sogar überbordende Stimmung geherrscht. Zu viele Menschen, zu viel Alkohol, zu viel von allem. Unwillkürlich schweifte ihr Blick zu Martha und ihrem Benni. Die zwei, also vornehmlich Martha, aber die ging ja nirgends mehr ohne ihren Mann hin, waren natürlich die Ersten, die sie nun zu ihrer Geburtsparty eingeladen hatte, die sie auch natürlich nicht in ihrer Wohnung veranstaltete, sondern in einem Restaurant.

»Happy birthday«, flötete Martha und zog sie in eine Umarmung, Benni beließ es bei drei steifen Küssen auf die Wangen und Kati war froh drum. Im Hintergrund tauchten die übrigen Gäste auf, zwei alte Freundinnen aus der Ausbildung mit Partnerin und Partner, ein paar nette Mädels, die sie bei einem Malkurs kennengelernt hatte, ihr Bruder, der pinke Luftschlangen um sie pustete, als wäre bereits Silvester. Sie kicherte übermütig. Ein ziemlich junger Kellner brachte eine Flasche Prosecco, sie zwinkerte ihm zum Dank zu, er wurde rot, was sie unglaublich niedlich fand.

»Auf Kati!«, rief die Gruppe unisono, Gläser klirrten.

»Dass sie in diesem neuen Lebensjahr endlich den Mann fürs Leben finden möge!« Das war natürlich ihr Bruder.

»Bloß nicht«, gab sie zurück und alle lachten. »Auf die Ungebundenheit!«

»Auf die Freundschaft!« Das war natürlich Martha, und sie kippte fast ihr gesamtes Glas auf einmal runter. Das konnte ihre Freundin gut. Nur nicht mehr als dreimal, danach war sie sternhagelvoll und schlief ein, egal wo sie gerade war.

Der süße Kellner stellte ein Amuse-Bouche vor sie und unterbrach damit ihre Gedanken. Er trug zumindest keinen Ring am Finger.

Gegrillte Rotkohlscheiben mit Feldsalat und Speckwürfel, hausgemachte Ravioli mit Maronenfüllung
und Salbeibutter, ein Orangen-Zimt-Parfait, und nun
stand der Schokoladenkuchen vor ihr und Kati pustete unter Beifall, Gelächter und noch mehr pinken
Luftschlangen die Kerzen aus. Fünfunddreißig, puh.
Irgendwie ganz schön alt und trotzdem noch ziemlich jung; jung genug für den Kellner? Sie warf ihm
einen eindeutigen Blick zu, als er ihr den Teller reichte,
aber er schüttelte unmerklich den Kopf. Dann eben
nicht. Es war trotzdem ein schöner Abend, fand
Kati, und ein Funken Wehmut blitzte in ihr auf. Zeit
mit Freunden zu verbringen tat gut, es bereitete ihr
ja wirklich Spaß, und doch sehnte sie sich schon wieder nach der Stille ihrer Wohnung. Manchmal wurde
sie aus sich selbst nicht schlau – fröhlich und aufge-
schlossen auf der einen Seite, zurückgezogen wie
eine Einsiedlerin auf der anderen. Sie atmete die gute
Laune, die am Tisch herrschte, ein, tief, ganz tief,
und schloss kurz die Augen. Die Helligkeit der Umgebung hinterließ glitzernde Flecken in der Dunkelheit hinter ihren Lidern.

»He, nicht einschlafen!« Martha stieß sie in die
Seite. »Erinnerst du dich an meine eigene Geburtstagsparty, als ich einfach eingepennt bin?« Sie
lachte, während Kati blitzartig die Augen öffnete
und Bennis Blick suchte. »Keine Angst«, beruhigte
Martha sie. »Benni passt schon auf mich auf, nicht
wahr?«

Ihr Mann räusperte sich, nickte und schob sich eine Gabel Kuchen in den Mund.

»Ich muss dir noch mein Geschenk geben«, sagte Martha und zog die Augenbrauen nach oben, verheißungsvoll und komisch zugleich, sie konnte einfach jeden Trauerkloß zum Lachen bringen, ihre Martha, und Kati freute sich auf das Geschenk, denn ihre Freundin hatte immer gute Ideen, mit denen sie sie überraschte.

Als sie dann den Gutschein für ein Wochenende in einem Chalet in den Schweizer Bergen herauszog, musste sie schlucken.

»Wir sind dieses Jahr doch schon gemeinsam verreist?« Sie machten jedes Jahr einmal zu zweit Urlaub, eine Woche irgendwo, wo es schön war, wo es Wellness gab, wo es gute Cocktails gab. Ganz kurz glaubte sie, Enttäuschung in Marthas Blick zu erkennen, dann strahlte sie wieder.

»Na und? Das wurde uns im Reisebüro als Geheimtipp zugespielt, und ich weiß doch, wie sehr du die Berge und den Schnee und die Ruhe liebst! Wir sind beste Freundinnen seit ewig, seit e-w-i-g, Kati, ich kenn dich und du kennst mich, und ich will, dass du glücklich bist!« Ihre Sprache war verschwommen und ihre Gesten minimal größer als notwendig. Das waren definitiv schon drei Gläser Alkohol gewesen. In zehn Minuten würde sie schnarchend unter dem Tisch liegen.

»Das klingt wunderbar, Martha, aber ich hab gar keinen Urlaub eingeplant, ich muss doch … Damit habe ich nicht gerechnet.« Allein drei Tage mit ihrer besten Freundin verbringen – was noch vor nicht allzu langer Zeit das Synonym für Traumurlaub gewesen war, fühlte sich jetzt hölzern an.

Martha zog einen Flunsch und griff zum Glas. Benni nahm es ihr aus der Hand. »Freust du dich gar nicht? Du kannst deinen Laptop doch mitnehmen. Ach komm schon. Ist doch schon bezahlt. Und Benni mag keinen Schnee.«

Benni war es sicher recht, ein langes Wochenende für sich zu haben, dachte Kati und hoffte, dass ihr Gesichtsausdruck nicht verriet, was sie von Marthas Mann hielt.

KAPITEL 5

1. Dezember

Florian

Der Streit mit Emma lag nun schon zwei Wochen zurück, wenn man das überhaupt Streit nennen konnte; war es nicht eher eine hitzige Diskussion gewesen? Oder einfach nur ein fünfminütiges Wortgefecht? Weder sie noch er waren später erneut darauf eingegangen. Die einzige Konsequenz war gewesen, dass sie ganz selbstverständlich angefangen hatten, das Internet nach Wohnungen zu durchforsten, ohne bisher auf einen gemeinsamen Nenner gekommen zu sein. Was ihm gefiel, fiel bei ihr durch, und umgekehrt. Es war mühsam, gestand er sich ein, aber er passte sich Emmas ungebremsten Eifer an. Wenn sie erst zusammenwohnten, würde diese seltsame Distanz, die sich immer wieder zwischen sie drängte, verschwinden, ganz bestimmt. Sie befanden sich gerade nur in einer Situation der Schwebe, sagte er sich und wusste insgeheim nicht, auf welche Seite die Waage fallen sollte. Nein, blöder Gedanke, na-

türlich wusste er das. Und es würde wunderbar werden.

Er steckte den Schlüssel ins Schloss und spürte
bereits beim Eintreten, dass etwas nicht stimmte.
Eigentlich wollte er nur duschen, den Gestank nach
Bratkartoffeln, Rotkraut und sonstigen Küchengerü-
chen abspülen, der nach der Mittagsschicht an ihm
klebte, aber statt sich direkt über die Treppe nach
oben zu stehlen, öffnete er die Tür zum Wohnzimmer
und stieß dabei zum wiederholten Mal gegen den
Mistelzweig, den seine Mutter wie jedes Jahr aufge-
hängt hatte. Obwohl es draußen gerade erst anfing,
zu dämmern, leuchtete bereits die Lichterkette, die
die Terrassentür schmückte, und es roch nach frisch
gebackenen Schokoladenplätzchen. Seine Mutter war
einfach eine unverbesserliche Weihnachtsromantikerin!

»Mama?«

»Ach Flo, da bist du ja.« Ihre Stimme kam aus der
Küche.

»Alles in Ordnung? Du klingst so …« Bedrückt,
wollte er sagen, hielt aber inne, als er die Situation zu
erfassen versuchte. Seine Mutter, die ihn zerknirscht
ansah, das Blech mit den Plätzchen, auf dem laut den
fettigen Abdrücken gut die Hälfte fehlte, die Krümel
an ihren Lippen. Sie war zwar eine anerkannte
Naschkatze, aber das war selbst für sie eine reife
Leistung.

»Ist dir schlecht?«, fragte er vorsichtig, und dann,
noch einmal: »Alles in Ordnung?«

Sie nickte und schüttelte dann den Kopf. »Papa ist im Krankenhaus.«

»Was?«

Wieder nickte sie. »Ist in der Mittagspause im Schneematsch ausgerutscht und hat sich den Unterschenkel gebrochen.« Sie schniefte und verschränkte mit einem Gesichtsausdruck, der zwischen Frustration und Schmollen lag, die Hände vor der Brust. »Jetzt müssen wir unser Wochenende in den Bergen abblasen.«

Florian schnaubte ungläubig. »Und die Kekse hast du dir aus welchem der beiden Gründe reingezogen?«

»Mensch, Flo!«, rief sie und warf die Hände in die Luft. »Natürlich hab ich mir Sorgen gemacht um Papa, aber es ist ein sauberer Bruch, er wird gerade eingegipst, und gleich fahr ich los und hol ihn ab. Aber ich hab mich wirklich auf das Wochenende gefreut, und er ist übrigens auch traurig deswegen. Wenn er zu Hause ist, wird er wahrscheinlich die zweite Hälfte der Plätzchen verdrücken und ich backe morgen neue.« Sie sah auf einmal erschöpft aus.

Florian ging zu ihr und legte den Arm um ihre Schulter. »Tut mir leid, Mama. Bleib doch hier und ich hole ihn ab. Ruh dich aus.«

»Es wäre so romantisch geworden, weißt du? Ein winziges Hotel mitten in den Bergen, verschneite Tannen, leuchtende Fenster, rot-weiße Vorhänge, Sauna, Fondue-Abend, langlaufen …« Sie seufzte tief. »Dein Vater hat sich viel Mühe gegeben, mich damit zu überraschen, und jetzt …«

In Florian wuchs eine Idee heran. »Werdet ihr stornieren? Oder umbuchen? Wie lange muss der Gips dranbleiben?«

Seine Mutter nahm noch ein Plätzchen, biss aber nicht hinein. »Stornieren, denke ich. Es war ein Geheimtipp-Schnäppchen, im Januar oder Februar ist bestimmt schon alles voll.«

»Schade«, sagte Florian, nahm ihr das Guetzli aus den Fingern und steckte es sich in den Mund. Außen knusprig, innen feucht, nicht zu süß und doch schokoladig. Perfekt.

»Schade?«

»Na ja, weißt du …« Er griff nach noch einem Keks, aber seine Mutter schlug ihm auf die Finger. Natürlich, die waren für Papa. »Ich habe mir gedacht, vielleicht …« Er räusperte sich. Es war selbst für seine Maßstäbe viel verlangt. »Vielleicht könnte ich ja mit Emma, also, die Reise sozusagen übernehmen. Würde uns guttun, mal raus und so, bisschen romantisch.« Er sah angestrengt an seiner Mutter vorbei aus dem Küchenfenster. Bei den Nachbarn leuchtete soeben das Rentier im Vorgarten auf und unerwartet wurde ihm ganz weihnachtlich zumute. War ja doch eine schöne Zeit, wenn man sich darauf einließ.

Seine Mutter zupfte ihn hektisch am Ärmel. »Ihr habt doch wohl keine Probleme, oder?«

»Nein, Mama, natü…«

»Verscherz es dir bloß nicht mit Emma, hörst du

mich? So eine liebe junge Frau, und ihr passt so gut zusammen!«

»Ja, Mama«, murmelte er, »mach dir keine Sorgen«, aber seine Mutter schnalzte missmutig mit der Zunge.

»Sie hat mir vor einiger Zeit schon ganz traurig anvertraut, dass du nicht viel Begeisterung zeigst, mit ihr zusammenzuziehen. Müssen wir dich etwa rausschmeißen, damit du dein Glück findest?«

»Nein, Mama, natü…«

»Selbstverständlich könnt ihr die Reise haben, mein Sohn, aber gib dir gefälligst Mühe, verstanden? Emma ist ein Schätzchen. Und jetzt geh deinen Vater abholen.« Sie drückte ihm einen Knutscher auf die Wange und schob ihn aus der Küche, während er immer noch ihre Standpauke verdaute. Ihm kam es vor, als wäre seine Mutter verliebter in Emma als er selbst, und der Gedanke fühlte sich unfassbar falsch an. Er würde sich Mühe geben, ganz sicher, um diesen feinen Riss zu kitten, der sich zwischen ihnen aufgetan hatte.

KAPITEL 6

1. Dezember

Tania

Verwundert drehte Tania den Umschlag in der Hand hin und her. Kein Absender, Adresse auf eine Etikette gedruckt, könnte ein Werbebrief sein, aber stünde dann nicht zumindest ein Logo auf dem Kuvert? Eine leise Vorahnung beschlich sie, während sie mit dem Finger unter den Schlitz fuhr und das Papier unsanft aufriss.

»Na, was ist das? Ein Liebesbrief von einem Verehrer, dessen Sinn für Romantik ungefähr so eingetrocknet ist wie deiner?«, witzelte Clémentine und ließ sich in einem Gewirr aus fliegendem Schal, Mantel und Pudelmütze aufs Bett plumpsen.

»Haha«, entgegnete Tania mürrisch und las die Zeilen, die im Gegensatz zur Adresse sehr wohl von Hand geschrieben waren. In einer Schrift, die sie nur zu gut kannte.

»Nein? Was dann, eine Lösegeldforderung für deinen verschwundenen Humor vielleicht?«

Tania ließ den Brief sinken und sah ihre Mitbewohnerin mit zusammengekniffenen Augen an. »Ich hatte mal einen Verehrer, wie du dich vielleicht erinnerst. Und dieser Wisch hier ist von der Person, die alles kaputt gemacht hat.« Sie wedelte mit dem Bogen Papier auf und ab, als ob es den Zorn, der während des Lesens in ihr aufgestiegen war, abkühlen könnte.

»Ah, deine Mutter.« Clémentine nickte wissend, wickelte sich den langen Schal vom Hals und warf ihn achtlos auf den Boden. »Was will sie denn, so formell und offiziell?«

Im Treppenhaus jagten die beiden Kinder der Nachbarn im dritten Stock johlend und schreiend die Stufen runter und Tanias Kopfschmerzen verstärkten sich. Mit einem müden Seufzer reichte sie Clémentine das Schreiben, die aus dem Mantel schlüpfte, sich die Stiefel abstreifte und im Schneidersitz hinsetzte. Der Bommel ihrer Pudelmütze wippte bei jeder Bewegung fröhlich mit, und kurz wallte in Tania das Bedürfnis, Clémi das Ding vom Kopf zu reißen, auf wie brodelndes Wasser. Sie atmete tief ein und wieder aus. Ihre Mutter übte diesen Effekt auf sie aus, sie erzeugte diese Wut, diese Wallungen. Zumindest seit ihrer Aktion, aus der sie sich jetzt irgendwie herauszuwinden versuchte. Ganz automatisch griff Tania nach ihrem Telefon, tippte den Bildschirm an und betrachtete das Foto, ein Selfie von Simon und ihr, im Hintergrund der glitzernde

Zürichsee, Spätherbst. Ein paar Wochen später war alles vorbei gewesen. Und noch bevor ihr Gehirn überhaupt den Befehl dazu hätte gegeben haben können, scrollte sie sich durch die Fotogalerie, sie und Simon hier, sie und Simon dort, wie gut er aussah. Wie gut er gerochen hatte. Wie gut sie zusammengepasst hatten ... Der Schmerz fraß selbst nach einem Jahr noch schwarze Löcher in ihr Herz.

»Meine liebste Tania«, las Clémi laut vor, als ob Tania die Zeilen nicht soeben gelesen hätte. »Vielleicht hat mein Trick ja funktioniert und deine Neugierde hat dich den Brief öffnen lassen. Nachdem du meine Anrufe wegdrückst und meine Nachrichten ignorierst, sobald du meinen Namen siehst, musste ich zu diesem Manöver greifen, verzeih mir. Höflich ist sie ja schon, deine Mutter«, unterbrach sich Clémentine selbst, und sogar aus dem Augenwinkel sah Tania, wie der bunte Bommel bommelte, so verzückt wackelte ihre Freundin hin und her. Sie war eine alte Klatschtante, und der Streit zwischen Tania und ihrer Mutter stellte ein gefundenes Fressen für sie dar. In Momenten wie diesen mochte Tania sie ein klitzekleines bisschen weniger als sonst.

»Ich möchte dich gern einladen, mein Kind. Drei Tage in den Bündner Bergen, ein schnuckeliges Chalet, verschneite Landschaft. Vorweihnachtsgefühl. Endlich reden, die Herzen erleichtern. Es ist an der Zeit, abzuschließen. Komm, ich bitte dich. Freitag, 15.12., ab vierzehn Uhr warte ich an der untenstehenden Adresse auf dich.«

Clémi legte den Brief zur Seite und zog endlich ihre Mütze aus, gerade noch, bevor Tania zur Schere greifen konnte, um den blöden Bommel abzuschneiden. »Wow, das klingt doch großartig! Raus aus der grauen Stadt, rein ins weiße Vergnügen. Was meinst du?«

»Was ich dazu meine? Das klingt nach Einschleimen. *Schnuckeliges Chalet. Abschließen*«, äffte sie ihre Mutter nach. »Die Einzige, mit der ich abschließen will, ist sie.«

»Vielleicht klingt es aber auch nach einer Entschuldigung? Einem Friedensangebot? Immerhin ist schon ein Jahr vergangen und du ... Also ... Immerhin ...«, stotterte Clémi, die sich unter den Blicken, mit denen Tania sie bedachte, sichtlich unwohl fühlte. »Immerhin ist sie deine Mutter.«

Tania knallte das Handy auf den Schreibtisch. »Ich bin schon dreiundzwanzig. Ich brauche keine Mutter mehr.« Dann beugte sie sich nach vorn, packte den Brief, zerriss ihn und warf die Fetzen in den Papierkorb. Ein paar flatterten daneben auf den Fußboden. »Außerdem kann ich Euphrat und Tigris nicht einfach allein lassen.« Sie wies mit dem Kopf auf den getigerten Kater, der sich ausgiebig am Türrahmen rieb, bevor er ihr elegant auf den Schoß sprang. Sanft liebkoste sie die feinen Öhrchen, kraulte seinen Kopf, bis er zufrieden brummte und schnurrte und in ihr drinnen alles wieder ein bisschen harmonischer aussah. Wer brauchte überhaupt irgendwas auf dieser Welt, wenn man Katzen hatte?

»Das klingt nach Ausrede, Tania.«

Die Harmonie in ihr zerbröselte, als würden die Nachbarsjungen mit ihren dröhnenden Stiefeln darüberrennen.

»Auf welcher Seite stehst du eigentlich?«, fragte sie ungehalten. Euphrat machte einen Abgang; die Wärme, die er ihr kurz gespendet hatte, verpuffte. »Außerdem muss ich bestimmt arbeiten.«

»Ich steh auf gar keiner Seite«, gab Clémentine spitz zurück, rückte dann aber näher und legte ihr versöhnlich die Hand aufs Knie. »Aber du solltest aus deiner Selbstmitleidshöhle rauskommen und dein Näschen wieder in die Sonne des Lebens stecken. Ich meine, wer verzichtet schon freiwillig auf ein gratis Ferienwochenende im Schnee? Hashtag Hüttengaudi, Après-Ski, heiße Snowboardlehrer … Also ich wäre sofort dabei. Vielleicht könnte ich ja …?«

»Vergiss es! Du musst auf meine Kätzchen aufpassen«, meinte Tania und musste entgegen ihrem Willen schmunzeln. Hashtag Hüttengaudi. So sprach auch nur Clémi.

»Heißt das, du gehst?«

»Ich werde es mir zumindest überlegen. Und jetzt raus hier, ich muss lernen.«

KAPITEL 7

1. Dezember

Kati

»Jaja, hier kriegst du dein Cover«, murmelte Kati. »Zum dritten Mal den Klappentext ausgetauscht, bitte schön, kein Ding, du nervst mich überhaupt nicht.« Zack, abschicken, PC runterfahren, Bildschirm aus. Kam es ihr nur so vor oder wollten heute alle eine Extrawurst? Wie sie manchmal ihren Job einfach hasste. Sie lehnte sich in ihrem Bürostuhl zurück und streckte sich, bis die Wirbel knacksten. Vor dem Fenster war es schon fast dunkel, was im Grunde genommen nur minimal düsterer war als während des restlichen Tages. Hochnebel lässt grüßen. Grau in grau in grau in grau. Wie ein Deckel lag er über der Stadt, und Kati tat bereits seit Tagen der Kopf weh, als ob sie versuchte, mit dem Schädel die zähe Nebeldecke zu durchstoßen.

Von einem Moment auf den anderen erhellten bunte Farben das Dunkel und ihr Wohnzimmer, das ihr auch als Arbeitsplatz diente; es war fünf Uhr und die Lichterkette des Nachbarn gegenüber war angegangen. Wild wechselte Grün zu Blau zu Rot zu Gold und wieder von vorn, und so würde es die nächsten paar Stunden weitergehen, pausenlos, stroboskopähnlich. Von besinnlich keine Rede, meine Fresse, dachte Kati, am liebsten würde sie mit einer Luftpistole jede einzelne Glühbirne auspusten. Mit einem Knall ließ sie die Rollos runter und stieß sich dann in der Dunkelheit prompt den großen Zeh am Couchtisch.

»Ah!« Tränen schossen ihr in die Augen; sie tastete sich zum Sofa, setzte sich und umklammerte ihren Fuß. »Verdammt, verdammt!« Tief atmete sie ein und wieder aus, tastete wieder, dieses Mal nach dem Feuerzeug, ratsch, ratsch, es werde Licht. Wie so eine kleine Flamme die alles verschlingende Finsternis in ihre Schranken weisen konnte, war wirklich faszinierend. Kati zündete eine der vier dicken roten Kerzen an, die sie auf einem rustikalen Holzbrett arrangiert hatte, dazwischen Tannenzweige und goldene Christbaumkugeln, ein paar weiß bepuderte Kiefernzapfen und ein kleiner Wichtel, der schon den Adventskranz ihrer Eltern geschmückt hatte. Der erste Advent war eigentlich erst in zwei Tagen, aber das kümmerte sie nicht.

Die Flamme flackerte kurz, dann schien sie stillzustehen, unbeweglich, und das warme Schimmern legte sich wie Balsam um Katis Nerven. Langsam verebbte diese seltsame Aggression, die sie seit ihrem

Geburtstag fest im Griff hatte, und auch wenn das miese Wetter seinen Teil dazu lieferte, der Arbeitsstress, der schmutzige Matsch, der nach dem überraschenden Schneefall vorgestern übrig geblieben war, die überall blinkenden Lichter und das Geplärre der Weihnachtsmusik, konnte sie sich jetzt, in der Stille, eingestehen, dass es in Wahrheit Marthas Geschenk war, das ihre ungewohnt schlechte Laune ausgelöst hatte. Sie setzte sich in den Schneidersitz und breitete die flauschige Decke über ihren Schoß. Der Zeh pochte zwar noch, aber sie konnte ihn schon wieder bewegen. Eine Tasse heißer Kakao wäre jetzt nicht schlecht, dachte sie, mit viel Zimt. War ja nicht so, dass sie den Winter oder die Weihnachtszeit nicht mögen würde, sie mochte nur das Wetter und den Trubel nicht. Das Bild einer schneebedeckten Landschaft tauchte vor ihrem inneren Auge auf, Tannen, die sich unter der weißen Last bogen, Bergspitzen, die in der Morgensonne glühten, Eiskristalle, die im Licht glitzerten. Sie hörte den Schnee unter ihren Schritten knirschen und roch die Kälte. Friedlich. Genau das bot ihr Martha.

Das Bild verrutschte.

Kati seufzte tief. Sie sollte nach einer Ausrede suchen. Die Arbeit zog ja schon mal nicht, denn den Laptop konnte sie mitnehmen. Ihre Eltern? Die lebten seit der Pensionierung während der kalten Monate in Thailand. Sie könnte sie besuchen? Zu teuer so kurzfristig. Grippe vortäuschen? Martha würde prompt bei ihr auf der Matte stehen. Die Flamme flackerte. Egal welche Ausrede sie brächte, Martha würde schrecklich enttäuscht sein. Natürlich würde sie das, ihr Geschenk kam von Herzen, und Katis Zögern, ihr unwillkürliches Zurückzucken hatte ihre Freundin verletzt. Diesen Anflug von Traurigkeit hatte Kati in den letzten Monaten immer wieder gesehen, ganz kurz, nicht wahrnehmbar für Fremde, aber sie kannte sozusagen jede Regung in Marthas Gesicht.

»Es führt kein Weg dran vorbei, nicht wahr?«, fragte sie den Wichtel. Und wenn sie nicht wüsste, dass es das Spiel von Licht und Schatten war, würde sie glauben, die kleine Figur hätte ihr zugezwinkert.

KAPITEL 8

6. Dezember

Tania

Clémi hatte ihr doch tatsächlich einen Schokolade-Samichlaus vor die Zimmertür gestellt, bevor sie morgens aus dem Haus gegangen war. Tania überlegte, ihm sofort den Kopf abzubeißen, noch vor dem eigentlichen Frühstück, noch vor der Dusche. Sie riss an der Folie und roch. Es war nicht die beste Schokolade; ihre Mutter hatte immer Nikolause von Lindt gekauft. Ihre Mutter hatte auch immer am 6. Dezember einen Teller mit Erdnüssen gefüllt, Mandarinen dazugelegt, Walnüsse und Datteln, Schokoladentaler, kleine Lebkuchen, Zimtsterne, mit Marmelade gefüllte Spitzbuben und Vanillekipferl, alle Guetzli von der Konditorei, weil sie selbst keine Zeit hatte, zu backen. Und wenig Talent, musste Tania zugeben und fragte sich im selben Moment, warum sie schmunzelte. Warum sie überhaupt an ihre Mutter dachte, und dann auch noch an die schönen Erinnerungen. Wütend biss sie in den Kopf des Nikolauses;

die Schokolade war viel zu süß und ein bisschen sandig von der Konsistenz her, bäh! Mühsam kaute und schluckte sie und freute sich bereits aufs Zähneputzen. Sie war kein Kind mehr, das einen Adventskalender brauchte, das aufgeregt beobachtete, wie lange es dauerte, bis die Wärme der Kerzenflammen die darüber schwebenden Engel dazu brachte, sich im Kreis zu drehen und mit ihren Stäbchen die Glocken zum Klimpern zu bringen. Das heimlich Plätzchen naschte und aufgeregt mit der Mutter die Wohnung dekorierte, mit den wunderschönen handbemalten Christbaumkugeln der Großeltern, die so furchtbar zerbrechlich waren, dass man sie nur mit größter Ehrfurcht behandeln konnte. Sie war kein Kind mehr und sie brauchte all diesen Kram nicht mehr, sie brauchte auch keine Mama mehr, und doch kroch ihr die Wehmut salzig in die Augen.

Sie beschloss, kalt zu duschen, um die Sehnsucht nach Mutterliebe schockzufrosten.

Seit sie ausgezogen war, ernährte sich Tania vorwiegend vegetarisch, abgesehen von einem Döner hin und wieder oder einem Sandwich mit Salami. Kein Wunder, bei den Preisen konnte sie sich das einfach nicht leisten, dachte sie entsetzt, als sie dreihundert Gramm Rindshuftsteak über den Scanner zog. Fast dreiundzwanzig Schweizer Franken! Früher, als ihr Vater noch bei ihnen gewohnt hatte, hatte der an Weihnachten immer einen Rinderschmorbraten gekocht, nach dem Rezept seiner Mutter, derselben, die ihm auch die Christbaumkugeln vermacht hatte, die er bei der Scheidung gnädigerweise Tania überlassen hatte. Das war so ziemlich das Einzige, was sie noch von ihm besaß, das und elf Geburtstagskarten, eine jedes Jahr. Seit der Trennung aßen Tania und ihre Mutter an Weihnachten immer Buchstabensuppe, wobei sie aus den Buchstaben Mikrogeschichten formten, und danach gab es Wiener Würstchen mit Kartoffelpüree. *Hatten gegessen*, korrigierte sich Tania, zog eine Sechserpackung Zweiliterflaschen Cola über den Scanner und nannte dem Mann den Preis. Während der seinen Kartencode eingab, inspizierte sie die Menschenmenge. Feierabendandrang. Die Ware der nächsten Kundin schubste bereits gegen ihren Arm, Feuchttücher, Babynahrung, Schokolade. Sie mochte die Arbeit an der Kasse; sich anhand der Einkäufe ein Bild von den Personen zu machen, war eine interessante Sozialstudie.

»Goht's au es bitz schnäller?«, fragte die Frau sichtlich gereizt, eine Hunderternote bereits in der Hand, nein, kleiner habe sie es nicht, eilig hingegen schon. »Mein Zug fährt gleich, also bitte.«

Fehlte nur noch das Hopp-hopp, dachte Tania und klaubte die Rappenstücke aus der Kasse, als sie das Lachen hörte. Simons Lachen. Ruckartig drehte sie sich um, und ja, dort stand er und schäkerte mit einer anderen Mitarbeiterin. Die Haare waren länger, das künstliche Licht betonte seine Tränensäcke und der gepflegte Fünftagebart ließ ihn ganz anders aussehen als früher. Tanias Herz pumpte schmerzhaft, mit zittrigen Fingern drückte sie der Kundin ihr Rückgeld in die Hand, sie hörte, wie die Geldstücke auf den Boden fielen, hörte, wie die Frau keifte, und sah, wie Simon die Papiertragtasche mit den Weihnachtsmotiven packte.

»Simon«, rief sie. Er war es, er war hier, er war so nah, sie musste einfach mit ihm sprechen, ihn anfassen, ihn riechen, das war ihre Chance, ihre Gedanken überschlugen sich. »Simon, warte!«, rief sie noch einmal und schlängelte sich an den Kunden der Expresskasse vorbei, spürte ihre irritierten Blicke, so warte doch, wollte sie noch einmal rufen, da drehte er sich um, suchend, findend – nur, um in einen Laufschritt zu verfallen und durch die Menge fortzueilen.

»Frau Weber!«

Sie fühlte sich aus einer anderen Realität zurückgerissen.

»Sind Sie noch bei Sinnen? Sie haben nicht nur Ihre Kasse im Stich gelassen, sondern noch dazu die Geldschublade offen gelassen! Ich habe Sie gewarnt, das ist Ihr dritter Verweis, morgen brauchen Sie gar nicht erst zu kommen.«

Ihr war schlecht. Zwei Tafeln Billigschokolade in Form des Nikolauses lagen ihr schwer auf dem Magen. Simon lag ihr schwer auf dem Magen. War er davongerannt, weil er seinen Zug erwischen musste?

Vielleicht denselben wie die motzende Frau? Oder war er abgehauen, weil ... er nicht ... mit ihr ...

»Verdammt, Simon!« Sie schlug in ihr Kissen, um den Frust zu kanalisieren, um nicht zu weinen, aber die Tränen waren stärker. »Verdammt, Mama!« Warum hatte sie sich einmischen müssen? Wusste ihre Mutter nicht selbst, wie weh es tat, wenn man seine große Liebe verlor? Hatte sie nicht auch ihrem Mann hinterhergeweint, als ihre Ehe in die Brüche ging?

Eine der Katzen kratzte an ihrer angelehnten Tür und schob sich ins Zimmer. Tigris.

»Ps, ps«, lockte Tania sie zwischen Schniefen und Schluchzen. Eine Katzenumarmung, das war es, was sie jetzt brauchte, aber Tigris beäugte sie nur arrogant und verschwand wieder in den Flur. Blödes Vieh. Tania angelte nach einem Papiertaschentuch, schnäuzte sich und warf das zerknüllte Tempo in den Papierkorb. Dort, wo immer noch die Fetzen des Briefes lagen, den ihre Mutter ihr geschrieben hatte. Sie schnaubte. Hashtag Hüttengaudi. Jetzt hatte sie auch keine Arbeit mehr, die ihr als Ausrede dienen könnte, nicht zu fahren. Und wenn ihre Mutter ihr Herz erleichtert hätte, könnte sie sie vielleicht um ein wenig Geld anhauen. Tania fuhr sich noch einmal mit dem Ärmel über das Gesicht, um die restlichen Tränen zu trocknen. Vielleicht war es wirklich an der Zeit, zu hören, was ihre Mutter als Entschuldigung vorzubringen hatte. Und danach, das schwor sie sich, würde sie Simon zurückerobern.

KAPITEL 9

15. Dezember

Tania

Sie wusste, sie tat ihrer Mutter unrecht, denn Geld war nie reichlich vorhanden gewesen. Aber da wollte sie sich entschuldigen, Frieden schließen, sich einschleimen, was auch immer, hätte da nicht St. Moritz rausspringen können? Selbst dort gab es bestimmt günstige Hotels. Oder Davos, Klosters, Brigels, Laax, irgendwas Bekanntes. Nein, ihre Mutter lud sie in irgend so ein Kaff ein. Noch nie gehört. Sie hatte versucht, sich anhand der Adresse ein Bild von dem Hotel zu machen, aber entweder war es noch zu neu oder die Straße zu unbedeutend, es tauchte auf jeden Fall in Google Maps nicht auf.

Zumindest gab es hier oben Schnee. Der Bilderbuchtag versöhnte Tania damit, sich seit zweieinhalb Stunden den Hintern in diversen Zügen plattgesessen zu haben, und wenn sie ehrlich war, freute sie sich jetzt auch ein bisschen, der Einladung gefolgt zu sein. Sie träumte bereits davon, im Jacuzzi zu liegen mit Aussicht auf die weiße, glitzernde Landschaft, beim Après-Ski Glühwein zu schlürfen und bis in die Nacht hinein zu coolen Beats zu tanzen. Hashtag Hüttengaudi eben. Vielleicht würde sie sich sogar Skier mieten morgen, auch wenn sie zuletzt vor acht Jahren im Skilager Bretter unter den Füßen gehabt hatte. War doch wie Fahrrad fahren, verlernte man nie, oder?

»Ah, Chaspers Hotel«, murmelte die ältere Frau, die sie vor dem Bahnhof nach dem Weg gefragt hatte. »Kommt er Sie nicht abholen?« Sie sah sich suchend um und Tania tat es ihr gleich. Zwei Jugendliche gammelten auf der anderen Straßenseite neben einem Kiosk rum. Als der eine seinen Zigarettenstummel in den Schneehaufen an der Hauswand steckte, schnalzte die Frau missbilligend.

»Ich … Keine Ahnung. Meine Mutter hat reserviert, sie hat mir nichts dergleichen gesagt. Kann doch nicht so weit sein?« Himmel, das Dorf war überschaubar.

Die Frau musterte sie, als überlegte sie, ob sie zur selben Diese-Jugend-von-heute-Fraktion gehörte wie die zwei Lümmel gegenüber oder ob sie eine einfältige, aber harmlose Städterin war.

»Los, steig ein, ich fahr dich halt schnell.« Sie überquerte bereits die Straße, bevor Tania ablehnen konnte, rief den beiden Jungs etwas auf Rätoromanisch zu, das nicht sehr freundlich klang, und schloss den Kofferraum auf. Na gut, besser als den Koffer über die mit festem Schnee bedeckte Straße zu zerren war es allemal, und erst jetzt realisierte sie, dass die gute Frau sie innerhalb weniger Sekunden vom Siezen zum Duzen degradiert hatte.

Die Fahrt führte sie die Hauptstraße entlang, und bei jeder Abzweigung linste Tania erwartungsvoll ums Eck, aber ihre einsilbige Chauffeurin fuhr immer weiter geradeaus. Tania verfluchte sich dafür, die Sonnenbrille vergessen zu haben; das gleißende Weiß der Schneelandschaft blendete schmerzhaft. Sie presste die Augen zusammen, ganz kurz nur, und als sie sie wieder öffnete, hatten sie das letzte Haus des Ortes hinter sich gelassen und fuhren durch das weiße Nichts, links ein Hang, rechts ganz weit unten und ganz klein ein Fluss. Nach vielleicht einer Minute bogen sie auf eine Straße ab, die diesen Namen nicht verdiente und die sich über Haarnadelkurven den Berg hochschraubte.

»Wo fahren wir hin?«, fragte Tania nach der vierten Kurve und wusste nicht mit Bestimmtheit, ob der steile Abhang das mulmige Gefühl in ihrem Bauch auslöste oder die schweigsame Frau, die sie wahrscheinlich gerade entführte.

»Na, zu Chasper«, antwortete die. »Gleich da, schau.«

Und tatsächlich, noch eine kleine Kurve und die Straße verlief wieder gerade, weit unten das Dörfchen, weit unten Tanias Magen, aber vor ihnen, auf einem kleinen Plateau, stand vor einem Tannenwald ein prächtiges, zweistöckiges Chalet, komplett aus Holz, das Dach dick mit Schnee bedeckt. Ein paar Eiszapfen hingen an der Kante und tropften, Rauch schwebte aus dem Schornstein. »Ruhehotel Onna« stand auf dem Schild unter dem breiten Balkon, wobei das »Ruhe« aussah, als wäre es erst kürzlich hinzugefügt worden. Onna, was war das denn für ein dämlicher Name, was sollte das sein? Hießen solche Hotels nicht »Alpenblick« oder »Sonnenschein«?

Die Frau parkte direkt neben dem Auto, das Tania als das ihrer Mutter erkannte. »Muss dann auch wieder los«, meinte sie und machte eine ruppige Kopfbewegung, die Tania aus dem Wagen scheuchte. Zwanzig Sekunden später stand sie auch schon allein vor dem Hotel, nichts als die auf dem Schild beworbene Ruhe in den Ohren, und das Gefühl beschlich sie, dass die Hüttengaudi wahrscheinlich überall stattfand außer hier.

»Tania, da bist du ja!«, hörte sie ihre Mutter rufen und sah sie oben auf dem Balkon stehen. Sie hob die Hand zum Gruß und ließ sie auf halbem Weg wieder sinken. Hatte sie sie mit Absicht ans Ende der Welt gelockt, damit sie ihr nicht entwischen konnte? Nach der Nummer mit dem Brief traute Tania ihr alles zu, aber da hatte sie sich geschnitten. Sie würde schon selbst entscheiden, wann sie sich die Entschuldigungsnummer anhören wollte! Langsam kroch ihr jedoch die Kälte in den Körper und so zerrte sie widerwillig den Koffer in den Eingangsbereich des Hotels. Kaum trat sie ein, umhüllte sie der warme Geruch von Holz und Holz und noch mehr Holz, sowie eine feine Note Kaminfeuerrauch.

»Tania!« Ihre Mutter musste wie der Blitz aus ihrem Zimmer und die Treppe herabgeeilt sein. Jetzt stand sie eine Armlänge von ihr entfernt, sichtbar unsicher, als wüsste sie nicht, ob sie in Tanias Distanzzone eindringen durfte, aber dann siegte wahrscheinlich das Mutterherz und sie zog Tania in eine Umarmung. »Es tut so gut, dich zu sehen«, murmelte sie ihr ins Ohr, dann trat sie wieder einen Schritt zurück, ließ ihre Hand aber auf Tanias Wange liegen. Sie sah sie an, als wollte sie gleich sagen, wie groß sie doch geworden sei, dachte Tania und verschob ihr Gewicht von einem Bein auf das andere, um der Berührung zu entkommen. Die Stelle in ihrem Gesicht fühlte sich plötzlich kalt und verloren an.

»Dünn bist du geworden«, stellte sie fest und betrachtete ihre Mutter genauer. Gut ein Jahr hatten sie sich nicht gesehen. Abgesehen vom Gewicht waren da auch viel mehr silberne Fäden im brünetten Haar; ihre Mutter war doch noch keine sechzig? »Es steht dir nicht, dieses Magersein. Und du solltest dir die Haare färben«, sagte sie ihr dann auch direkt ins Gesicht und sah mit einer gewissen Genugtuung und einem Hauch schlechtem Gewissen, dass ihre Mutter unter der verbalen Ohrfeige zusammenzuckte.

Sie hörte ein Räuspern hinter sich und drehte sich um. Neben der kleinen Rezeption stand ein Mann – wie lange schon? Aber er lächelte sie freundlich an, professionell freundlich, zumindest.

»Sie müssen Tania Weber sein? Willkommen in meinem Hotel.«

Das war dann wohl dieser Chasper. Ob der auch einen Nachnamen hatte? Egal, sie würde ihn kaum zu Gesicht bekommen. Was schade war, eigentlich, denn er sah nett aus. Vielleicht Mitte dreißig, groß und breit, ein Bär von einem Mann, würde Clémi sagen. Simon war auch so ein Typ gewesen, beschützend und vertrauenserweckend. Liebenswert. Kuschelig. Ach, Simon.

»Wenn Sie mir hier das Formular ausfüllen könnten«, holte Chasper sie zurück und tippte mit dem Kugelschreiber auf das Blatt Papier. Daneben lag ein klobiger Zimmerschlüssel.

»Sagen Sie, Chasper ...« Tania unterschrieb schwungvoll. »Gibt es hier, hm, eine Bar? Après-Ski? Wellness, Massagen, haben Sie eine Liste der Behandlungen?«

Der Hotelbesitzer lächelte ein schiefes Lächeln, es sah beinahe ein wenig trotzig aus. »Das Kaminzimmer ist sehr gemütlich, und dort kann ich Ihnen auch etwas zu trinken servieren. Hinter dem Haus gibt es eine Sauna. Ansonsten ist dies, wie Sie in der Beschreibung bestimmt gelesen haben, ein Ruhehotel. Die Gäste kommen üblicherweise hierher, weil sie die Stille genießen wollen, vom Alltag runterkommen. Weil sie sich selbst wiederfinden wollen.«

Tania schoss ihrer Mutter einen giftigen Blick zu. Was zur Hölle war das für ein Esoterikscheiß?

Ihre Mutter räusperte sich und hob entschuldigend die Schultern. »Wir können doch gleich eine heiße Schokolade zusammen trinken, draußen auf der Terrasse, und dieser Stille lauschen?« Sie schien nervös. Sollte sie besser auch sein. »Bring doch kurz deinen Koffer in dein Zimmer, mach dich frisch, ich warte auf dich, in Ordnung?«

Ein Bild tauchte vor Tanias innerem Auge auf, das weihnachtlich geschmückte Wohnzimmer, die Tannenzweige des Adventskranzes verströmten ihren würzigen Duft, im Hintergrund rieselte leise der Schnee durch die Lautsprecher und sie beide saßen auf dem Sofa, jede ihre Weihnachtstasse in der Hand mit heißem Kakao und einer dicken Wolke geschlagener Sahne. Wollte sie jetzt einfach so tun, als wäre alles wie früher? Tania erwischte sich dabei, wie sie sich für genau zwei Sekunden wünschte, es wäre so, alles wie früher, ihre Mutter und sie beste Freundinnen, aber dann packte sie ihren Koffer, schob sich an ihr vorbei und stieg die Treppe hoch.

Sie ließ sich Zeit mit dem Frischmachen, packte ihren Koffer aus, legte sich auf das Bett – bequem, immerhin – und spürte, wie sich eine satte Müdigkeit über sie legte. Musste die Bergluft sein. Oder die Stille. Vor dem Fenster näherte sich die Sonne auf ihrem nachmittäglichen Abwärtsweg den Bergspitzen auf der anderen Seite des Tals. Tief atmete sie ein, Holzduft überall, angenehm, beruhigend, und sie musste lachen. *Sich selbst finden*, Hilfe. Nein, nicht finden, *wiederfinden*! Als ob sie sich irgendwo verloren hätte. Heilige Scheiße. Das musste sie sofort Clémentine schreiben. Aber als sie ihr Handy in die Hand nahm, merkte sie, dass sie kaum Netz hatte; beim Abschicken der Nachricht verabschiedete sich auch der letzte Balken. Oh, fantastisch. Wo war überhaupt der Fernseher? Sie stand auf, öffnete noch einmal die Schranktüren, suchte den Schreibtisch nach einem verborgenen Mechanismus ab, durch den der Bildschirm nach oben fahren würde, ganz modern und dadurch sehr unwahrscheinlich, hier zu finden, aber konnte es wirklich sein, dass ein Hotelzimmer über keinen Fernseher verfügte? Was sollte sie denn am Abend machen ohne Netz und Netflix, etwa mit den Esoterikern zusammen Karten legen, schweigend und der Stille huldigend? Ein Buch lesen, würde ihre Mutter jetzt natürlich sagen, was Tania daran erinnerte, dass die ja unten auf sie wartete. Außer, sie spränge vom Balkon, führte kein Weg an ihr vorbei.

Sie atmete tief ein und ganz langsam wieder aus. Dann straffte sie die Schultern und trat auf den

Gang. Schließlich war sie überhaupt nur gekommen, um diese Entschuldigung zu hören, da konnte sie es auch gleich hinter sich bringen.

»He, aufpassen!«, hörte sie und konnte dem Paar gerade noch ausweichen, bevor sie, in Gedanken versunken, in die beiden hineinlief.

»Entschuldigung«, sagte sie ganz automatisch, dann stellte ihr Blick scharf und sie merkte, dass die zwei in ihrem Alter sein mussten, Mitte zwanzig maximal. Erleichterung durchflutete sie wie warmes Wasser; sie war nicht allein!

»Entschuldigung?«, wiederholte sie, und das Paar, das schon fast bei der Treppe war, blieb stehen. Der Mann drehte sich zu ihr um, hu, war der groß, groß und schlaksig.

»Hm?«

Sie räusperte sich. »Seid ihr schon länger hier? Gibt's hier irgendwas? Abgesehen von Ruhe?«

Die junge Frau lachte leise. »Vergiss es. Tote Hose total. Ist ja niedlich und so, aber der Spaß findet woanders statt.«

»Mieser Handyempfang, ihr auch?«

»Definitiv mieser Handyempfang«, bestätigte der junge Mann. »Der Chef unten hat was von Wartungsarbeiten geredet, ab Montag soll's wieder besser laufen. Aber das Essen ist gut. Und es gibt Rehe.«

»Zum Essen?«

»Nein!«, rief die Frau. »Draußen. Hinterm Haus ist eine Futterstation.«

»Huh, Glück gehabt«, sagte Tania, und der junge Mann antwortete: »Wer, du oder die Rehe?« Seine Freundin schnaubte pikiert, aber er lächelte verschmitzt und Tania konnte nicht anders, als zurückzulächeln. Sie fühlte sich sofort wohl in seiner Gegenwart, und es gab wenige, die ihren trockenen Humor sofort verstanden und darauf eingingen.

»Ich bin übrigens Florian«, sagte er und hob grüßend die Hand. »Und das ist Emma.«

»Tania, freut mich sehr. Und was macht man denn hier so, wenn's noch zu früh ist zum Rehe gucken? Oder essen?«

Emma nickte in Richtung Treppe. »Wir wollten ins Dorf runter, in die Beiz, dort waren wir gestern schon. Was trinken, Runde Dart spielen. Komm doch mit?«

Das ließ sich Tania nicht zweimal sagen. Sie war sonst nicht der allzu gesellige Typ, langweilig wie altes Brot nannte Clémi sie, aber verglichen mit ihrer WG-Genossin war jeder altes Brot, während sie ein knuspriges französisches Croissant war. Clémi ließ keinen Spaß aus und Tania war halt … aus der Übung. Simon war abends nie ausgegangen, und seit Simon nicht mehr Teil ihres Lebens war, hatte sie kein Bedürfnis verspürt, sich unter Leute zu mischen. Aber hier und jetzt war ihr alles lieber, als mit ihrer Mutter heiße Schokolade zu trinken.

»Mama«, sagte sie, als sie in der kleinen Eingangshalle mit der Rezeption ankamen, wo sie tatsächlich immer noch stand, natürlich mit einem Buch in der Hand und jetzt mit einem erwartungsvollen Lächeln im Gesicht. Tania war vorher nicht aufgefallen, wie müde sie darunter aussah. Oder war es das Licht? Einen Moment lang zögerte sie, und es kostete sie mehr Überwindung, als sie verstehen konnte, zu sagen: »Wir sehen uns zum Abendessen, ja? Ich geh noch kurz mit den beiden ins Dorf runter.« Sie konnte sie nicht anschauen dabei und verschwand durch die Tür, bevor sie die Antwort hören oder sehen konnte.

KAPITEL 10

15. Dezember

Kati

Martha trieb ihren alten Fiat im ersten Gang um die letzte Kurve und fluchte leise. Kati musste lachen, auch wenn sie dabei den von Steinbrocken mit Schneemütze und roten Stecken markierten Abhang zu ihrer Rechten nicht aus den Augen ließ.

»Soll ich die drei fragen, ob sie schieben?« Sie zeigte auf die Gruppe, die ihnen entgegenkam, dick eingemummelt. »Vielleicht haben wir unterwegs die Schneeketten verloren?«

»Sehr witzig«, murmelte Martha und schaltete in den zweiten Gang, als sie endlich auf dem Plateau angekommen und an den Fußgängern vorbeigerollt waren.

Erleichtert atmete Kati aus. »Ein neues Auto wäre mal nicht schlecht, oder? Mit der Kiste sind wir doch vor zehn Jahren schon nach Italien gefahren.«

Martha drehte den Zündschlüssel. »Bald, bald«, sagte sie und klang geheimnisvoll. »Und es wird definitiv was Größeres.«

»Was … Größeres?« Kati brauchte einen Moment, bis der Groschen fiel. »O mein Gott, bist du etwa …?« War das der Grund für den Wochenendtrip? Um ihre Schwangerschaft zu feiern?

»Nein«, beruhigte Martha sie, ein Leuchten auf ihrem Gesicht. »Noch nicht. Aber wir üben fleißig, du weißt schon.« Sie lachte und sah so glücklich aus dabei, dass Kati der Schweiß ausbrach und sie abrupt die Autotür öffnete und ausstieg.

»Alles in Ordnung?«, fragte Martha, die es ihr gleichtat.

»Klar«, log Kati. »Die stickige Heizungsluft zusammen mit den Kurven … Hör doch!« Sie legte eine Hand ans Ohr und lauschte.

»Ich hör nichts?«

»Eben!« Es war still. Dann ein Laut, eine Art *Woosh*, und Kati sah, wie eine Ladung Schnee von einer der ausladenden Tannen rutschte und die Zweige, von der Last befreit, nach oben schnellten. Ein Vogel flog zeternd davon, dann war es wieder ruhig. Und weiß. Und kalt, herrlich belebend. Sie liebte diesen Ort jetzt schon. Als sie sich zu Martha umdrehte, sah sie, dass diese sie mit einem verschmitzten Lächeln beobachtete.

»Wusste ich doch, dass es dir hier gefallen würde. Ich kenn dich eben in- und auswendig.«

»Du bist die Beste!« Andächtig setzte sie einen Fuß vor den anderen. Der Schnee knirschte unter den Sohlen ihrer dicken Stiefel, knirsch, knirsch machte es, es roch nach Nadelbäumen, nach Kaminfeuerrauch, nach eisiger Luft, und Kati wünschte sich, diesen Duft konservieren zu können, um ihn mit nach Hause nach Stuttgart zu nehmen. Da traf sie ein Schneeball am Hinterkopf und sie fuhr herum. Martha stand etwas abseits neben einem Schneehaufen und formte einen weiteren Ball, die Wangen bereits gerötet von der Kälte, Fröhlichkeit in den Augen.

»Na warte!«, rief Kati und lachte gelöst, heiter, und sie fühlte sich das erste Mal seit vielen Wochen leicht.

»Allegra!« Mit diesem Wort, das, wie Kati während der Autofahrt im Internet gelernt hatte, Guten Tag auf Rätoromanisch hieß, traten sie in das Hotel ein. Hotel war ein großes Wort für das Chalet, das, wie Kati ebenfalls während der Autofahrt von Martha erfahren hatte, nur über fünf Gästezimmer verfügte. Deswegen sei es auch ein Geheimtipp und verfüge nicht einmal über eine Webseite, hatte Martha verschwörerisch angemerkt, und nun fühlte sich Kati sehr speziell. Ein bisschen so, als existierte das Haus nur für sie und wäre ein Teil von ihr, von dem sie gar nicht wusste, dass es ihr gefehlt hatte. In dem Moment, in dem sie es betreten hatte, wusste sie, dass sie nicht das letzte Mal hier gewesen sein würde.

Neben dem Eingang befand sich eine kleine Garderobe, an der eine rote und eine schwarze Jacke mit

Reflektoren hingen, darunter Filzpantoffeln in diversen Größen, wohl für die Gäste. Die Haken des Kleiderständers bestanden aus knorrigen, glatt geschliffenen Ästen, daneben lehnte ein mannshoher Spiegel und die Wand schmückten gerahmte kunstvolle Tierfotografien: Hasen, Murmeltiere, Gämsböcke mit ihren Hörnern, Rehe und ein Hirsch mit prächtigem Geweih, alle vor dem spektakulären Hintergrund der alpinen Landschaft. Nach rechts ging ein Zimmer ab; durch die geöffnete Tür sah Kati einen großen Kamin, in dem bereits ein Feuer prasselte, gemütlich aussehende Sessel und einen langen Esstisch, an dem alle Gäste Platz hatten.

»Ich verstehe ja, dass sie wütend auf mich ist«, hörte sie eine Frau sagen und blieb stehen. Martha rumpelte in sie hinein und sah sie fragend an. »Mit dem, was ich getan habe, habe ich sie sehr verletzt, aber wenn Sie Kinder haben, werden Sie wissen, dass man als Eltern immer versucht, sein Kind vor schmerzvollen Erfahrungen zu bewahren. Es ist ein Instinkt.« Es blieb ruhig, als würde sie auf eine Antwort warten. Vielleicht sprach sie aber auch ins Telefon und sie konnten die andere Person einfach nicht hören. Es war Kati unangenehm, das anscheinend sehr intime Gespräch mitgehört zu haben, wenn auch unfreiwillig und obwohl sie aufgrund des Schweizerdeutsch der Unterhaltung vielleicht nicht alles verstanden hatte. Martha hingegen zuckte mit den Schultern und deutete ihr an, weiterzugehen.

»Vielleicht braucht sie einfach noch etwas Zeit?«, sagte dann ein Mann.

»Ich kann nicht mehr lange warten«, antwortete die Frau und klang bodenlos traurig.

Martha verdrehte die Augen und drückte sich an Kati vorbei, die sie erfolglos versuchte, zurückzuhalten, und ihr dann ergeben um die Ecke folgte.

»Oh. Allegra!«, begrüßte sie der Mann, der hinter dem Empfang stand, ein großer Mann, breitschultrig, dunkelblonde Haare, die man wunderbar verwuscheln könnte, und gletscherwasserblaue Augen. Innerhalb von Sekundenbruchteilen hatte Kati ihn taxiert und setzte ihr Flirtlächeln auf. Sie bemerkte, dass auch Martha dem Charme des Rezeptionisten nicht widerstehen konnte.

»Herzlich willkommen in meinem Hotel.«

Ah, der Besitzer, nicht der Rezeptionist, korrigierte sich Kati. Und die kleine, dünne Dame mit dem Buch in der Hand musste die Frau sein, die irgendwas mit wahrscheinlich ihrer Tochter zu klären hatte. Sie sah zwar nett, aber auch ziemlich abgekämpft aus, die Arme.

»Ich bin Chasper und Sie sind dann wohl …«

»Martha und Kati«, fiel Martha ihm ins Wort, als hätten sie sich gerade als Freunde in der Bar kennengelernt und nicht als Gast und Gastgeber.

Kati lachte und knautschte ihre Haartolle. »Martha Bergmann und Kati Galler.« Sie erkannte ihre Freundin ja gar nicht wieder! Ein bisschen Abstand zu

Benni schien die alte Martha zum Vorschein zu bringen, und das freute Kati. So könnte sie die Tage in dieser wunderschönen Umgebung mit diesem einzigartigen Menschen an ihrer Seite genießen, und alles andere würde unter einer dicken Schneedecke begraben werden.

»Soll ich Ihre Koffer ins Zimmer bringen?«, fragte Chasper, Chasper was noch, wie sollten sie ihn denn ansprechen? Oder war das so ein Ding in den Bergen, dass man sich beim Vornamen nannte?

Martha stieß Kati in die Seite. »Wir haben die Koffer im Auto vergessen!« Sie kicherte ausgelassen, was Kati dazu brachte, schmunzelnd den Kopf zu schütteln, und auch der älteren Frau ein Lächeln entlockte.

Chasper sah vom Computer hoch, sein Blick verkeilte sich in Katis, und als ob es sich erschrocken hätte, geriet ihr Herz aus dem Takt und stolperte unbeholfen. Es lag eine freundliche Wärme in seinem von der Alpensonne braun gebrannten Gesicht, und doch umgab ihn etwas, das Kati nicht zu greifen vermochte. Eine gewisse Schwere. Aber vielleicht war es auch einfach die Ruhe, die er ausstrahlte und die zu diesem Ort passte, als hätte er sie geschaffen. Sie wollte sich hineinfallen lassen, in diese Ruhe.

»Ich hol sie gern«, sagte er, aber Martha hatte sie bereits am Ärmel ihrer Jacke gepackt, unter der ihr auf einmal ziemlich warm geworden war, und zog sie ins Freie.

»Meine Güte«, sagte ihre Freundin, kaum waren sie draußen. »Was für ein Mann!«

Die kalte Luft tat gut, so gut; Kati war sicher, dass ihr Gesicht rot war, wie es ihr passierte, wenn sie Sport trieb. Sie drehte sich ein wenig von Martha weg, bückte sich, als müsste sie ihre Stiefel schnüren, presste die Hände kurz in den Schnee und danach an ihre Wangen. Sie hörte, wie Martha den Kofferraum aufschloss und öffnete.

»Und wie er dich angeschaut hat«, fuhr die fort. »Chemie, würde ich sagen. *Sparkle, sparkle*!«

Kati drehte sich um und holte ihren Koffer raus. »Blödsinn.«

»Überhaupt nicht.« Martha zwinkerte ihr zu. »Zum Glück bin ich eine verheiratete Frau, sonst wären wir glatt Konkurrentinnen, das sag ich dir. Aber Fremdgehen kommt für mich nicht infrage, keine Chance. Ehrlichkeit ist das Wichtigste in einer Beziehung und einer Freundschaft, nicht wahr?«

»Was ... was redest du denn da?«

Martha lachte auf und knallte den Kofferraumdeckel zu. »Du siehst ja aus! Keine Angst, war doch nur Spaß. Der ist bestimmt eh vergeben, und wir sind hier, um uns ein schönes Wochenende zu zweit zu machen, und nicht, um Männer aufzureißen. Also jetzt komm schon, lass uns in die Sauna gehen, die Stille genießen und später ein Gläschen Wein auf der Terrasse trinken, während die Sonne untergeht. Es ist wunderschön hier!«

Das war es tatsächlich, und Martha war einfach nur aufgekratzt, so wie sie es immer war, wenn sie gemeinsam fortfuhren, erinnerte sich Kati und entspannte sich. Versuchte, sich zu entspannen, und folgte Martha wieder in das Chalet hinein.

KAPITEL II

15. Dezember

Florian

Auch wenn ihm der Gedanke nicht gefiel, musste er zugeben, dass er froh war über Tanias Auftauchen. Sie lenkte Emma von ihrer schlechten Laune ab, in der sie sich seit ihrer Ankunft suhlte. Die Überraschung war ihm natürlich gelungen; er hatte Emma erst gestern beim Abholen gesagt, dass sie den Koffer für ein Wochenende im Schnee packen sollte, und sie war ausgeflippt vor Freude. Was bedeutete, dass seine Mutter dichtgehalten hatte. Das rechnete er ihr hoch an, wusste er doch, wie nah sich die beiden standen. Aber auch er war ernüchtert gewesen, als sie vor diesem *Ruhehotel* gestanden hatten, gerade mal fünf Zimmer, kein Wellness außer die Sauna, für deren Benutzung man sich eine Stunde davor anmelden musste, kaum verwendbares Handynetz, kein Spaß, kein Après-Ski, weil keine Skipiste in der Nähe. Gestern war ein älteres Paar abgereist und heute Morgen ein weiteres, und sie dachten schon, sie wären die einzigen Gäste, bis die Dame, die anscheinend Tanias Mutter war, aufgetaucht war, dann Tania selbst, und als sie das Hotel verlassen hatten, war ihnen noch ein Auto entgegengekommen. Entgegengekeucht, besser gesagt.

»Wenn du dich auf die vom Tal abgewandte Seite des Chalets setzt, ist es abends richtig finster«, erzählte Emma Tania, während sie durch die Sträßchen des Dorfes schlenderten. Beim Reden formten sich Wölkchen vor ihrem Mund, die eigentlich sofort gefrieren müssten, so kalt war es. »Schon fast gruselig. Aber ich habe noch nie so viele Sterne gesehen. War nett von Chasper, uns darauf aufmerksam zu machen. So romantisch!«

»Wer, Chasper oder die Sterne?« Tania sagte es ohne ein Lächeln, wie sie generell alles sehr trocken kommentierte, aber Emma schmunzelte dennoch.

»Chasper ist nicht ohne. Aber die Sterne schau ich mir dann doch lieber mit meinem Flo an.«

»Zu gütig, Süße«, murmelte Florian und drückte ihr einen Kuss auf die Stirn, nicht ohne dabei zu Tania zu schielen. Wieso, wusste er nicht. Nur kurz erwiderte sie seinen Blick, dann drehte sie den Kopf weg, als fühlte sie sich ertappt.

Das Dorf war überschaubar, aber richtig urig-hübsch mit den bemalten Hauswänden, den großen hölzernen Eingangstoren, der Kirche mit dem pummeligen Turm, alles mit glitzerndem Schnee übergossen wie mit dicker Puderzuckerglasur. In der Mitte des Dorfplatzes stand ein Brunnen, das Wasser darin gefroren, vom Rohr hing ein Eiszapfen. Touristen schienen sich nicht viele hierher zu verirren, was Florian nicht wunderte, so abgelegen, wie das Dorf lag, am Ende eines Tals, ohne Skigebiet in der Nähe. Irgendwo bellte ein Hund, Stimmen wurden kurz laut, jemand grüßte, dann fiel eine Tür dumpf ins Schloss und Stille breitete sich wieder aus. Nur der Schnee knirschte unter ihren Schuhen, fast meditativ.

Den Weg zur Dorfbeiz hatten Emma und er gestern schon ausgekundschaftet, das war vor den Sternen und den Rehen gewesen und dementsprechend noch von schlechter Laune geprägt.

»Ich will ja nicht undankbar sein, wirklich nicht«, hatte Emma gemeint. »Aber bevor du deinen Eltern die Reise abgekauft hast, hättest du dich wirklich informieren können, um was für eine Art Hotel es sich handelt und stattdessen was anderes buchen können.«

»Dann wären sie auf den Kosten sitzen geblieben. Nicht stornierbar, hab ich dir doch erklärt. Wenn sie schon nicht fahren können ...«

Emma hatte sich geschlagen gegeben; wenn es darum ging, seinen Eltern einen Gefallen zu tun oder eine Freude zu bereiten, war sie immer vorn dabei. Ein bisschen verstand er sie, ihre Eltern waren geschieden und beide neu verheiratet, zwei Patchworkfamilien, in die sie weder in die eine noch in die andere reinpasste.

Aber es lief dennoch nicht so rund, wie er sich dieses Wochenende vorgestellt hatte. Er verfluchte seinen Opportunismus, einfach zugegriffen zu haben, als sich ihm die Chance bot, bei Emma zu punkten; er hatte darauf vertraut, dass sein Vater schon ein anständiges Hotel ausgewählt hatte, um seine Mutter zu beschenken. Tja, Fehlgriff. Musste er eben anders überzeugen.

Das Innere der Bar Postigliun, wie die Kneipe hieß, war bei Weitem nicht so malerisch, wie sie von außen aussah. Nippes und Kitsch auf den breiten Fensterbänken, Plastikblumen auf den Holztischen, alte Lodenhüte mit Gamsbart an der Wand, und ja, ein Geweih. Es roch nach einem aggressiven Zitronenputzmittel. Die Dartscheibe an der Wand und der blinkende Flipperkasten daneben. Am runden Tisch in der Ecke saß die Altmännerfraktion des Dorfes und jasste verbissen, hin und wieder wurde neben dem schlechten Blatt auch über die Politik diskutiert und über das Wetter natürlich sowieso.

»Genug Schnee hat's schon«, maulte gerade einer. »Ist besser, dass die Front an uns vorbeizieht.«

»Werden wir ja noch sehen«, meinte ein anderer und legte eine Karte ab. »Mein Knie hat mich noch nie im Stich gelassen.«

Tania zog ihr Handy aus der Tasche, und Florian sah, wie sie auf die Wetter-App drückte, aber es erschien nur ein sich ewig drehender Kreis. Er fischte die Tageszeitung von der Fensterbank und schlug die letzte Seite auf. Sonne und Wolken sowohl morgen als auch Sonntag.

»Wollen wir Wetten abschließen?«, fragte Tania flüsternd. »Knie oder Meteorologen?«

Emma grinste, und so grinste er auch. Aber bevor er einen Wetteinsatz vorschlagen konnte, stand der Typ vor ihnen, der sie auch gestern schon bedient hatte. Gian oder Gion hatte er geheißen.

»Willkommen zurück. Beim zweiten Besuch seid ihr bereits Stammgäste«, sagte er. »Und wenn ihr weitere Kundschaft mitbringt, seid ihr Ehrengäste.« Dabei zwinkerte er Tania zu, und Florian bemerkte, wie sie wieder kurz zu ihm rüberblickte, bevor sie mit einem halben Lächeln auf die Charmeoffensive antwortete.

»Was darf es heute sein?«

Die Frauen bestellten beide eine heiße Schokolade mit Schuss, und auch er entschied sich am Ende doch gegen ein kaltes Bier und für den Kakao. Er beobachtete Tania dabei, wie sie gedankenverloren das Sahnehäubchen unter das Getränk rührte. Sie hatte die käsige Gesichtsfarbe von Menschen, die sich vorwiegend drinnen aufhielten, und immer einen leicht melancholischen Zug um die Augen, den selbst dieses halbe Lächeln, dieses einseitige Anheben der Mundwinkel nicht vertrieb. Jedes Mal, wenn er sie ansah, empfand er das irritierende Bedürfnis, sie anzufassen.

Sie in den Arm zu nehmen. Stattdessen griff er nach Emmas Hand, aber schon nach wenigen Sekunden wand sie sich aus der Berührung, um ihre Tasse an den Mund zu führen.

»So, Tania«, sagte sie. An ihrer Oberlippe saß noch etwas Sahne. Erst jetzt fiel ihm auf, dass sie sich ihm gegenüber, neben Tania, gesetzt hatte, statt neben ihn, als wollte sie Distanz zwischen sie bringen, wo sie sonst seine Nähe suchte. Er schloss daraus, dass sie immer noch sauer auf ihn war. »Du bist mit deiner Mutter hier?«, fragte sie. »Finde ich ja richtig schön, könnte ich mit meiner nicht machen, so ein Mädelswochenende.«

Tania schnaubte belustigt. »Glaub mir, ich wär grad überall lieber als hier. Ist kompliziert«, fügte sie hinzu, wohl, als sie das Fragezeichen in Emmas Gesicht sah. Sie hatte unglaublich lange Wimpern, fiel Florian auf und er senkte sofort den Blick in seine halb leere Tasse. Was dachte er da? Ihm wurde auf einmal warm, und das lag nicht am Schnaps im Kakao.

»Kompliziert, da kann ich ein Lied von singen«, rief Emma. »Aber seine Eltern sind richtig cool, hat er gar nicht verdient, mein Großer.« Sie lachte; es klang nicht gemein, gar nicht, im Gegenteil, sie stupste ihn leicht am Arm an und er erkannte den Schalk in ihren Augen. Und doch traf ihn ihre Aussage.

Ohne darauf einzugehen, richtete nun er eine Frage an Tania: »Und was machst du so? Studium, Arbeit?

Ich bin Koch und Emma studiert in Luzern Sport und Geschichte auf Lehramt.«

»Huh, Geschichte«, meinte sie. »Hassfach.« Sie sagte es wieder so trocken, dass selbst er nicht einschätzen konnte, ob sie es ernst meinte. Emma kniff leicht die Augen zusammen und für ein, zwei Sekunden schien die Stimmung elektrisch geladen, dann lachte Tania und legte Emma die Hand auf den Arm. »Ich studiere angewandte Informatik. Da verdrehen die meisten auch die Augen.«

Ihre Finger waren lang, Pianistenhände, und er stellte sich vor, wie sie über die Tastatur flogen und Codes tippten, die für ihn ebenso unverständlich waren wie Klaviernoten und dennoch wunderschön.

»Und nebenbei hab ich gearbeitet, aber ...« Ihr Lachen erlosch. »Ich hab Mist gebaut.« Dabei sah sie ihn direkt an; verwirrt fragte er sich, warum, was hatte er mit dem Mist zu tun, und wieso verdammt noch mal war es hier drinnen so heiß?

Am runden Tisch in der Ecke wurden die Stimmen der Kartenspieler lauter, Stühle scharrten über den Boden, zwei der Herren klopften sich auf die Schulter. Emma blätterte in der Zeitung. Im Hintergrund klingelte es und Florian beobachtete, wie Gion-Gian gelangweilt ins Festnetztelefon sprach. Tania nahm ihr Handy aus der Tasche, zuckte mit den Schultern und steckte es wieder zurück. Draußen dämmerte es, aber selbst im Halbdunkel konnte Florian erkennen, dass Schleierwolken aufgezogen waren, und er stöhnte lautlos. Wenn das Wetter morgen schlecht war, könnten sie auch direkt wieder abreisen, denn das Hotel bot außer Sauna und Rehe beobachten nichts. Unter dem Tisch suchte er mit seinem Fuß Emmas Beine und verschränkte seine mit ihren; sie sah hoch und lächelte – erfreut? Verwundert? Ein klitzekleines bisschen traurig? Er war ein Idiot. Er hatte sie hierher eingeladen, um diesen Riss zu kitten, nicht, um ihn größer zu machen. Das Hotel war dabei nicht die Lösung, sondern das, was sie daraus machten. Sie könnten auch den ganzen Tag im Bett liegen, kuscheln, sich lieben, sich verwöhnen, reden, Pläne schmieden. Wohnungen online besichtigen, falls das Handynetz es zuließ.

Nachdem die Jass-Mannschaft aufgebrochen und sich die Beiz nicht weiter gefüllt hatte, setzte sich Gion, wie er sich Tania vorstellte, zu ihnen und lud sie auf eine bündnerische Spezialität ein: Röteli, ein Likör, der aus getrockneten Bergkirschen hergestellt wurde. Er würde seinen Küchenchef darauf aufmerksam machen, daraus konnte man bestimmt ein gutes Dessert zaubern. Süß war er und stark und sehr süffig. Er exte sein zweites Glas. Gion erzählte, wie er eigentlich in Davos arbeitete, aber sein Vater dieses Wochenende sonst irgendwo war und er einspringen musste und er … Florian zoomte raus, sprach der Typ doch eigentlich eh nur mit Tania. Die wiederum hing buchstäblich an seinen Lippen, was ihm einen kleinen Stich versetzte, den er nicht einordnen konnte. Boh, der Likör schenkte aber auch ganz schön ein!

»Lass uns ein paar Pfeile werfen«, schlug er Emma vor, auch wenn er wusste, dass sie ihn vernichtend schlagen würde. Er war beim Dart absolut talentfrei, aber sie freute sich wie eine Schneekönigin, wenn sie gewann, also bitte. Hauptsache, sie war glücklich, deswegen waren sie doch überhaupt hier.

KAPITEL 12

15. Dezember

Tania

Die kalte Luft traf sie wie ein Fausthieb ins Gesicht, als sie aus der Beiz ins Freie traten, und raubte ihr für einen Augenblick den Atem. Emma hüpfte auf der Stelle auf und ab. Tania wurde allein beim Zuschauen schwindlig, dieser verdammte Kirschenlikör hatte es wirklich in sich! Wie viele Gläser, okay, Gläschen, aber dennoch, hatte sie davon gehabt? Drei? Vier? Sie vertrug doch nichts und musste bei der Vorstellung kichern, dass sie jetzt eine halbe Stunde bergauf und über schneebedeckte Straßen durch die Dunkelheit wanken musste, um zum Hotel zu gelangen. Eine Seilbahn wäre jetzt nicht schlecht, direkt von hier nach dort, und auch den Gedanken fand sie viel zu lustig dafür, dass er total bescheuert war.

»Kommt gut hoch und bis morgen«, rief Gion ihnen nach und schloss die Tür, sperrte das Licht und die Wärme ein und sie aus. Ein netter Typ, dieser

Gion, bisschen aufdringlich, sich einfach so zu ihnen zu setzen, aber vielleicht war das hier so in den Bergen oder zumindest in diesem Kaff – wenn schon mal jemand hereinschneite, noch dazu Fremde, musste die Gelegenheit ausgenutzt werden, bevor man noch anfing, vor lauter Langweile mit dem Geweih an der Wand zu kommunizieren. Nein, nicht lachen! Auch wenn sie seine Erzählungen null interessiert hatten, hatte sie ihre ganze Konzentration auf ihn gerichtet, um sich davon abzuhalten, Florian verhohlen zu mustern, seine warmen braunen Augen, das Grübchen in der Wange, das sich zeigte, wenn er seine Freundin anlächelte, und spätestens bei dem Gedanken – seine Freundin! – war sie wieder froh um Gions Gelaber und das nächste Gläschen Likör gewesen. Aus irgendeiner Lüftung drang Essensduft und Tanias Magen knurrte wie ein Bär, der aus dem Winterschlaf geweckt wurde.

»Ich hab so Hunger«, sprach Emma aus, was Tania dachte, und hauchte in ihre Hände, rieb sie aneinander, hauchte wieder. Florian zog sie an sich, so, dass sie die Hände in seine Jackentasche stecken konnte, und murmelte etwas, das sehr anzüglich klang, etwas wie *später kannst du mich aufessen* oder so, und Emma lachte und küsste ihn dann lang, als wollte sie hier und jetzt mit dem Essen beginnen.

Tania zog ihr Handy aus der Tasche, um dem Geknutsche zu entgehen, es war kurz vor sechs und es gab keinen Empfang, natürlich nicht. Simon strahlte ihr vom Display entgegen, groß, kräftig, verliebt. In sie. Als sie ihn im Supermarkt gesehen hatte, hatte er abgehetzt gewirkt, ungesund mit den tiefen Augenringen. Und dann war er einfach abgehauen. War er es wirklich gewesen? Plötzlich war sie gar nicht mehr sicher. Das Display wurde schwarz; sie steckte das Telefon mit einem lautlosen Seufzer zurück in die Tasche und holte dafür ihre Handschuhe raus.

»Ich friiiiiiere!«, rief sie dem eng umschlungenen Paar zu. Emma stand mit dem Rücken zu ihr, aber Florian hob den Kopf, und wie jedes Mal, wenn sich ihre Blicke begegneten, bekundete Tania Mühe, ihr pochendes Herz zu beruhigen. Wie lächerlich! Florian war so anders als Simon, schlaksig, fast dünn, blond, ein Jüngelchen eigentlich, kaum älter als sie. Und vor allem war er mit Emma zusammen, der wahrscheinlich schönsten Frau, die Tania kannte. Was auf der anderen Seite völlig egal war, denn sie wollte ja nichts von ihm, richtig? Aber als er sagte: »Dann wollen wir mal«, rann seine Stimme durch sie hindurch wie vorhin der süße, vollmundige, schwere, klebrige Likör und hinterließ mitten im Winter Kirschengeschmack in ihrem Brustkorb. Demonstrativ übersah sie seine ausgestreckte Hand und hakte sich stattdessen auf der anderen Seite bei Emma unter.

Gott, war das kalt! Tania zog sich die Mütze bis zu den Augenbrauen runter und den Schal über die Nase, aber dann bekam sie keine Luft mehr und

schob ihn wieder nach unten. Als wären es Seifen-
blasen, versuchte Tania ihre Atemwölkchen zu erha-
schen, bevor sie von dem leichten Wind, der aufgekommen war, verteilt wurden. Am Himmel stand eine
ganz schmale Sichel; sie brauchte ein paar Sekunden,
um in ihrem beschwipsten Kopf zu sortieren, ob der
Mond abnehmend oder zunehmend war, und entschied
sich für Letzteres. Er war kaum groß genug, um für
Helligkeit zu sorgen, noch dazu legten sich immer
wieder Schleierwolken darüber, aber dennoch leuchtete die umliegende Landschaft wie in Milch gebadet.

»Eine Kleopatra aus Bergen«, sprach Tania ihren
Gedanken laut aus und Florian lachte prustend.

»Eine wie bitte was?«

»Na Kleopatra«, sprang Emma für sie in die Bre-
sche, klar, die Geschichtsstudentin, aber weiter kamen
sie nicht, denn in dem Moment durchbrach ein lautes Rattern die Stille. Am Ende des Dorfes, dort, wo
sie noch etwa hundert Meter geradeaus gehen mussten, bevor es nach links den Berg hochging, bog ein
Schneepflug mit orange blinkendem Licht auf dem
Dach aus einer Einfahrt; es war mehr ein Traktor
mit einer gar nicht so breiten orangen Schaufel vor-
nedran, was kein Wunder war bei den engen
Straßen. Tania zog an Emmas Arm, um nach rechts
auszuweichen, spürte gleichzeitig, wie Florian nach
links zog, also zog sie wieder nach rechts, während
Emma in der Mitte, bei der sie beide untergehakt
waren, wahrscheinlich nicht wusste, wohin, links,

rechts, links, und protestierend beide Arme losließ. Glucksend stolperte Tania und plumpste auf den Boden, ihre Augen tränten, von der Kälte, von dem kurzen Schmerz, der durch ihr Steißbein fuhr, dann wurde sie hoch und zur Seite gerissen und erschrak, aber als sie durch den Tränenfilm verschwommen das wütende Gesicht der Fahrerin sah, musste sie wieder giggeln, sie wusste gar nicht wieso. Musste der Alkohol sein, aber ah, es tat so gut, zu lachen, also lachte sie, wand sich aus Flos Griff, ließ sich in den Schneehaufen am Straßenrand fallen und lachte und lachte und rang japsend nach Luft.

»Aufpassen … verdammt noch mal … Unterländer!«, hörte sie die Frau fluchen, während sie weitertuckerte, dann hörte sie auch Emma kichern und Florian irgendwas murmeln, »Weiber«, oder so was, und sie wusste nicht, ob er damit die Schreckschraube im Schneepflug meinte oder Emma und sie. Aber zur Verteidigung aller weiblicher Wesen formte sie einen Schneeball und warf ihn in seine Richtung. Sie traf ihn nur am Arm. Das Nächste, was sie mitbekam, war eine Ladung Schnee mitten ins Gesicht, und während sie sich noch verdutzt die Kälte von den Wangen wischte, quietschte Emma in den höchsten Tönen. Tania sprang auf, auf einmal ganz klar im Kopf, rannte zu Florian, der gerade dabei war, einen weiteren Ball zu formen, rammte ihn und sie flogen beide in die weiche Schneedecke, er unter ihr, sie auf ihm; der Moment dauerte nichts, zwei, drei Sekunden, aber selbst in dieser vom Sichelmond kaum erleuchteten Dunkelheit fanden sich ihre Blicke und noch etwas anderes, etwas, das Tania resolut von sich weisen wollte, denn er war Florian und nicht Simon, aber ihr Herz war anderer Meinung und kitzelte und prickelte, als ob das Blut nach langer Eiszeit endlich wieder fließen würde. Dann traf sie ein Schneeball am Hinterkopf und sie rollte von ihm runter, formte selbst einen und bewarf Emma damit, und am Ende wälzten sie sich alle drei lachend und jauchzend im Schnee, als wären sie zehn und nicht Mitte zwanzig, machten Schneeengel und Purzelbäume, bis sie aussahen wie Yetis.

Tania fühlte sich wie benommen und wusste nicht, ob es von der Kälte kam, die von ihren feuchten Füßen Besitz ergriff, oder von der Hitze, die den Schnee auf ihrem Gesicht schmelzen ließ, oder doch von diesem Glücksgefühl, das sie auflud wie ein atomares Teilchen kurz vor der Kernspaltung. Es verwirrte sie, dieses Glücksgefühl, weil es viel zu lange her war, dass sie etwas Ähnliches überhaupt gespürt hatte, und sie merkte erst jetzt, dass sie es vermisst hatte. Florian lief eng umschlungen mit Emma vorweg und sie keuchte hinterher; er ruderte in seiner Freizeit, hatte er in der Beiz erzählt, und seine Freundin war ja sowieso eine Sportskanone, während sie selbst seit einem Jahr keinen Muskel zu viel bewegt, sondern sich nur in ihrem Selbstmitleid gesuhlt hatte. Dieser letzte Gedanke erschreckte sie, als wäre sie eben auf einer eisigen Stelle ausgerutscht. Nein, kein Selbstmitleid. Gerechtfertigte Wut. Oder?

Der Aufstieg wollte kein Ende nehmen, und sie könnte schwören, dass der Wind, der ihr von vorn ins Gesicht blies, mit kleinen Rasiermessern bestückt war. Ganz weit unten im Tal, unten beim Fluss, erkannte Tania die Lichter einiger Dörfer, und das sah aus, als wären die Sterne vom mittlerweile komplett bedeckten Nachthimmel herunter auf die Erde gefallen, damit sie sie dennoch sehen konnte. Sie merkte, wie sie trotz der Anstrengung lächelte. Als sie dann endlich auf dem Plateau ankam, musste sie sich mit den Händen auf den zitternden Knien abstützen, um zu Atem zu gelangen. Wie besinnlich das Chalet aussah mit den Lichtern, die sich der Dachkante entlangspannten und in der Dunkelheit weichgolden schimmerten!

»Wartet«, rief sie dem Pärchen vor ihr zu, das sich bereits vor dem Eingang gegenseitig den Schnee von Schultern und Rücken bürstete. »Wartet auf mich, ihr elenden Rennpferde.« Trotz der Kälte riss sie sich die Wollmütze vom Kopf, oh, wie herrlich, was hatte das Ding gekratzt in den letzten fünfzehn Minuten! Im Bommel hingen Eisstücke. Dann klopfte ihr auch schon Florian den Rücken sauber, und aus dem Augenwinkel konnte Tania erkennen, wie Emma gar nicht erfreut aussah, aber sofort grinste, als sich ihre Blicke begegneten.

»Ist schon gut«, murmelte Tania und duckte sich unter Flos Händen weg, trampelte den Schnee von den Schuhen und aus den Sohlen und dieses verwirrend flaue Gefühl aus ihrer Magengegend. Hunger. Sie hatte einfach Hunger. Und es roch auch schon gut, als sie die Tür öffnete, richtig gut sogar. Abendessen um sieben, hatte Chasper gemeint, also in einer halben Stunde, noch genug Zeit für eine rasche heiße Dusche. Sie marschierte am Kaminzimmer vorbei, in dem der lange Esstisch bereits hübsch gedeckt war, und entdeckte ihre Mutter im Sessel neben dem Feuer, zusammen mit einer der beiden Frauen, deren Auto sie beinahe um die letzte Kurve hätten schieben müssen, so wie es gekeucht hatte. Natürlich musste sie in dem Moment den Kopf heben, und Tania war sicher, Missbilligung in ihrem Gesicht lesen zu können. Missfallen, weil sie ihr ansah, dass sie Spaß gehabt hatte, während sie hier in diesem komischen Chalet herumgesessen hatte. Und war es nicht immer so gewesen? Weil sie es ihrer eigenen Tochter nicht gönnte, glücklich zu sein, weil sie selbst kein Glück in der Liebe gehabt hatte. Dabei hätte sie sich doch jederzeit einen neuen Mann suchen können.

Dann hob ihre Mutter zaghaft die Hand und winkte, und Tania realisierte, dass sie seit wahrscheinlich einer halben Minute reglos in der Tür gestanden und sie angestarrt hatte. Und sie realisierte ebenso, dass der Groll, den sie gerade noch verspürt hatte, den sie verspüren wollte, weil ihre Mutter sie wirklich,

wirklich verletzt hatte, dass dieser Groll im Begriff war, zu schmelzen, so wie das Eis im Bommel ihrer Mütze sich in der Wärme, die hier drinnen herrschte, auflöste.

Sie wusste nur noch nicht, ob sie daran festhalten wollte.

KAPITEL 13

15. Dezember

Kati

In der Stunde, die die Sauna brauchte, um aufzuheizen, hatten sie sich ihr Zimmer angeschaut, ausgepackt, sich aufs Bett geschmissen, gemerkt, dass es keinen Fernseher und kaum Internetempfang gab, wobei Ersteres Kati ziemlich egal war und Letzteres sie kurz stresste, weil sie doch extra den Laptop mitgenommen hatte, um an einem Coverentwurf weiterzuarbeiten. Sie hätte sich auch über ein Jacuzzi gefreut, aber die Möglichkeiten beschränkten sich auf die Sauna und Schneeschuhe, die Chasper zur Verfügung stellte, um spazieren zu gehen. Ansonsten: Ruhe, innen wie außen. Aber Martha schien die geringe Auswahl an Aktivitäten zum Anlass zu nehmen, noch mehr zu reden als sonst, als hätte sie Nachholbedürfnis dadurch, dass sie sich in den letzten Wochen und Monaten eher selten gesehen hatten. Ihnen ging sonst nie der Gesprächsstoff aus, aber hier, fand Kati, kam ihr Plappern beinahe einem

Sakrileg gleich, und sie war froh, als die Sauna bereit war. Denn man schwitzte schweigend, so lautete die Regel.

Das Häuschen, in dem die Sauna untergebracht war, lag etwas abseits, schon fast unter den hohen Tannen. Die Tür öffnete zum Wald hin, im Vorraum befanden sich eine kleine Garderobe, fünf gemütliche Liegen, ein Tischchen mit Wasserkaraffe und Gläsern, sowie die Dusche. Es roch nach Holz und Kräuteraufguss.

»Kann man sich denn auch direkt im Schnee abkühlen?«, fragte Kati Chasper, der in seiner Erklärung innehielt und sie verdutzt anstarrte. Aus dem Augenwinkel sah Kati, wie Martha sich ein Grinsen zu verkneifen versuchte.

»Also, nackt, meinen Sie? Nach dem Saunagang?« Chasper blinzelte, als versuchte er, ein Bild vor seinem inneren Auge zu vertreiben, dann räusperte er sich. »Das ist Ihnen überlassen. Wenn es Sie nicht stört, dass die Tiere …« Er wies mit einer vagen Handbewegung nach draußen. »Oder die anderen Gäste oder der Förster … Es steht Ihnen selbstverständlich frei. Aber die, die Dusche, die erfrischt auch ganz gut.«

»Dann bleiben wir bei der Dusche«, sagte Martha und stupste Kati in die Seite, als wollte sie sie ermahnen, den armen Mann nicht weiter in Verlegenheit zu bringen. Er sah wirklich zum Anbeißen aus und trug auch keinen Ring, was natürlich gar nichts heißen musste, und dann stupste sich Kati in Gedanken selbst in die Seite, um sich zu ermahnen, nämlich dass sie mit ihrer besten Freundin hier war und nicht, um zu flirten.

Aber es war so schwierig, nicht Chaspers Nähe zu suchen, merkte sie, als sie eine knappe Stunde später schlapp von der Hitze und mit gleichzeitig von der letzten eiskalten Dusche noch prickelndem Körper auf der südlich ausgerichteten Terrasse saß, mit Jacke und Mütze ausgestattet und in eine kuschelige Decke gewickelt. Sie konnte es sich nicht wirklich erklären, was genau sie so anzog, aber sie merkte, wie sie sich entspannte und alles in ihr drinnen ruhig wurde, war er auch nur in Sichtweite.

Als er ihnen die beiden Tassen mit Glühwein gebracht hatte, hatte sie sich noch so unverbunden wie möglich bedankt, aber jetzt konnte sie sich einfach nicht davon abhalten, Chasper jedes Mal, wenn er die Terrasse betrat, mit ihren Blicken zu verfolgen. Gerade unterhielt er sich mit dieser immer so müde aussehenden Dame, die Probleme mit ihrer Tochter hatte und sich nun das Buch, das sie las, als Sonnenschutz vor die Augen hielt, während sie zu ihm hochsah. Sie hatte sich ihnen nur kurz als Rebekka vorgestellt. Er schien ihr irgendetwas Amüsantes zu erklären. Sein Lächeln, merkte Kati, franste an den Enden aus wie ein nicht zu Ende gewebter Teppich, und …

»Erde an Kati!« Martha hielt ihr mit leicht missmutiger Miene die Tasse entgegen. »Auf uns.«

Kati riss sich von diesem unvollständigen und melancholischen Lächeln los und prostete zurück. »Danke für dieses Geschenk. Es ist wunderbar hier.«

Martha murmelte etwas in ihren Glühwein hinein, das Kati nicht verstand und wahrscheinlich nicht verstehen sollte, aber bevor sie nachfragen konnte, hörte sie Chasper rufen: »Dort ist er!«, und sie folgte seinem Finger hinauf in den Himmel. Ein mächtiger Greifvogel zog seine Kreise direkt über ihren Köpfen, ein Steinadler, wenn sie seinen Worten Glauben schenkte, der dem Panorama diesen letzten perfekten Stempel aufdrückte. Dann berührte die Sonne den Bergrücken auf der anderen Seite des Tals und schien damit zu verschmelzen; während der Vogel einen schrillen Schrei ausstieß und aus ihrer Sicht verschwand, konnte Kati direkt zusehen, wie die goldene Kugel sank, letzte Strahlen aussandte wie einen Hilferuf und damit die Schleierwolken anleuchtete, sodass sie aussahen wie eine vom Wind bewegte irisierende Wasseroberfläche.

Kaum war die Sonne untergegangen, wurde es bissig kalt und die unangenehme Brise frischte auf. Rebekka klappte ihr Buch zu, legte die Decke zusammen und platzierte sie auf der Bank, nahm ihre Tasse und verabschiedete sich nach drinnen.

»Sieht man ja plötzlich nichts mehr«, sagte Martha

und zog die Sonnenbrille aus. Kati tat es ihr gleich, bestaunte die Winterlandschaft um sich herum nun ohne Filter und lauschte. Sie konnte sich nicht satthören an der Ruhe. Es war ihr, als könnte sie den Atem der Natur verfolgen, als würde sie die Eiszapfen singen und die Eichhörnchen miteinander kommunizieren hören. Oder hielten Eichhörnchen Winterschlaf? Sofort holte sie ihr Telefon aus der Tasche und gab die Frage bei Google ein, aber kaum Suchen gedrückt, gab der Empfang auch schon wieder den Geist auf. Als sie das Handy auf die Bank neben sich legte, bemerkte sie, dass auch Martha im Gegensatz zu vor ihrem Saunagang ziemlich ruhig geworden war. Ein nervöses Prickeln fuhr durch ihre Magengrube und ganz spontan legte sie den Arm um sie.

»Meine Beste«, murmelte Kati und drückte ihre Freundin, was bei Martha ein Lächeln hervorrief, als hätte die Umarmung es eingeschaltet. Aber es erlosch auch so schnell, wie es gekommen war, als Chasper die Terrasse betrat.

»Wird nicht langsam kalt?« Er nahm die Decke, die Rebekka zusammengefaltet hatte, schüttelte sie aus und legte sie genauso perfekt zusammen, wie sie eben schon gewesen war. Dann blickte er mit einem sorgenvollen Ausdruck im Gesicht in den Abendhimmel, und Kati erwischte sich dabei, wie sie in Gedanken die kleine Falte zwischen seinen Augenbrauen glattstrich. Als hätte er die Berührung gespürt, sah er sie direkt an und ihr Herz machte einen kleinen Sprung.

»Kommt vielleicht Schnee«, sagte er, und Kati freute sich jetzt schon darauf, am nächsten Morgen die Fensterläden zu öffnen und in der Morgensonne glitzernden, federleichten Neuschnee vorzufinden. Aber Chasper sah weiterhin nicht glücklich aus.

»Nicht gut?«, fragte Kati und berührte koketter als vorgehabt ihre Haare. Martha neben ihr schlürfte laut einen Schluck Glühwein, der ganz bestimmt nicht mehr heiß war.

»Je nachdem«, antwortete Chasper einsilbig, machte einen Schritt in Richtung Terrassentür und blieb doch wieder stehen. »Ich … ich werde gleich den Futterstand hinten auffüllen, vielleicht …«

»Ja!«, rief Kati. »Ich komme gern mit.«

Martha stellte mit Nachdruck die Tasse auf den Tisch.

»*Wir*, wir beide kommen gern mit«, korrigierte sich Kati und strahlte ihre Freundin an. Die strahlte nicht zurück.

»Was ist denn los mit dir?«, fragte Kati so unschuldig wie möglich, als Chasper im Inneren verschwunden war.

»Das weißt du sehr wohl.«

Kati fiel es auf einmal schwer, das würzige Getränk zu schlucken, und die Säure des Weins kroch ihr wieder den Hals hoch. Es gab mehrere Antworten auf diese Feststellung.

Martha sackte ein wenig in sich zusammen und sah Kati schmollend an. »Seit du diesen Typen auf dem Radar hast, scheine ich gar nicht mehr zu existieren. Du ziehst ihn mit deinen Blicken aus, und obwohl ich das von dir kenne, verletzt es mich, weißt du? Seit Wochen, nein, seit dem Sommer schon ziehst du dich komplett von mir zurück, und jetzt, wo ich dir dieses Geschenk mache und denke, wir können gemeinsam was unternehmen, und sei es nur durch den Schnee latschen und blödeln und reden, da lachst du dir den erstbesten Mann an.« Sie zog die Decke hoch und verschränkte die Arme vor der Brust. »Du bist keine gute Freundin in letzter Zeit«, schickte sie leise noch hinterher, und das traf Kati mehr als die restliche Tirade.

»Ich …«, sagte sie hilflos und wusste nicht weiter. Wenn Martha wüsste, wie recht sie hatte! »Es war keine Absicht, ich hatte einfach wirklich viel zu tun«, log sie und spielte mit ihrer Sonnenbrille, die vor ihr auf dem Tisch lag. »Und Chasper, du hast ja selbst gesagt, dass er gut aussieht, und … Es tut mir leid. Gehen wir gemeinsam Rehe schauen?«

Martha sah sie an, als hätte sie etwas Falsches gesagt. Und natürlich hatte sie das. Sie wollte etwas mit ihr machen, bei dem Chasper nicht als Ablenkung fungieren konnte.

»Schneespaziergang?« Es war mittlerweile dunkel und sie fror.

»Lass gut sein«, sagte Martha. »Mir ist kalt. Ich geh heiß duschen und du … geh Tiere beobachten. Ist nicht so mein Ding.« Es klang gleichzeitig enttäuscht als auch gönnerisch, und Kati wusste nicht, ob Martha nun erwartete, dass sie sie aufs Zimmer begleitete, oder ob es wirklich in Ordnung war, wenn sie eine halbe Stunde getrennte Wege gingen. Früher hätte sie das erspürt. Nein, das war gelogen. Sie spürte es auch jetzt. Beste Freundinnen seit dreißig Jahren. Aber Freundschaften veränderten sich, und ihre hatte, das wurde Kati eben bewusst, eine Abzweigung genommen, auf deren Weg nicht mehr beide nebeneinander Platz hatten. Nachdem sie diesen Gedanken kurz hatte sacken lassen, konnte sie freier atmen.

Als Martha hineinging, ließ sie die Decke zusammengeknüllt auf der Bank liegen und ihre leere Glühweintasse auf dem Tisch stehen. Kati legte die Decke genauso akkurat zusammen, wie Chasper es eben mit Rebekkas getan hatte, nahm beide Tassen und stellte diese auf die Anrichte neben den Samowar, aus dem man sich jederzeit heißen Früchte-Zimt-Tee einschenken konnte. Und nun? Nach oben gehen? Sich ins Bett legen, lesen, auf die Gefahr hin, sich von Martha in ein Gespräch verwickeln zu lassen, das in eine Richtung ging, die Kati nicht einschlagen wollte? Nein, dachte sie, bekräftigt von dem guten Gefühl, das sie vorhin empfunden hatte. Sie mussten nicht jede freie Minute aneinanderkleben. Und sie schritt an der Treppe vorbei zum Hinterausgang, in der Hoffnung, Chasper vor der Tür vorzufinden.

Sie hörte ihn in dem kleinen Anbau rumoren und lugte vorsichtig hinein. An einer Wand hingen die Schneeschuhe, Schneeschaufeln lehnten dagegen, ein bisschen Gerümpel, einer der Terrassentische mit einem Sprung in der Holzoberfläche, Sonnenschirme, eine Hobelbank, die anscheinend auch in Gebrauch war, denn daneben stand ein Eimer voller Späne. Im fahlen Licht der nackten Glühbirne sah sie auch einen alten Davoser Schlitten und mehrere Ballen Heu, von denen Chasper gerade den obersten herunterzog.

»Kann ich Ihnen helfen?«, fragte Kati.

Chasper geriet aus der Balance, als er sich, beflügelt vom Gewicht des Ballens, zu rasch umdrehte. Sie sprang zwei Schritte nach vorn, um den erstaunlich schweren Packen aufzufangen, und so standen sie dann gegenüber, duftendes trockenes Gras zwischen ihnen, Staub in der Luft, der Kati in der Nase kitzelte.

»Tut mir leid, ich ...« Sie drehte den Kopf und nieste, einmal, zweimal. »Ich wollte dir zur Hand gehen. Ihnen, Entschuldigung.«

Chasper blickte auf den Ballen, zur Tür, in ihr Gesicht, lächelte amüsiert. »Das üben wir noch. Du kannst jetzt loslassen.«

Auch wenn sie Gast und Gastgeber waren, fühlte sich das Du natürlicher an, und so korrigierte sie ihn nicht. Das Lächeln verstärkte die feinen Fältchen um seine Augen, als wären es Sonnenstrahlen, und Kati wollte schlucken und konnte nicht. Zu viel Staub in der Luft. Zu viel *sparkle, sparkle*, wie Martha es genannt hatte.

»Kati?« Er verstärkte den Griff und trat einen kleinen Schritt zurück; im letzten Moment konnte sie sich fangen, bevor sie, ohne das Gewicht zwischen ihnen, nach vorn taumelte.

Sie lachte leise und befühlte unwillkürlich ihre Haare, als müsste sie sichergehen, dass alles an Ort und Stelle saß, Hilfe, so eitel war sie doch sonst nicht. Aber sonst blieben ihr auch nicht die Worte im Hals stecken und raste ihr Puls nicht so. Mit einer huldvollen Bewegung versuchte sie, ihre momentane Unsicherheit durch Komik wettzumachen, und folgte Chasper nach draußen. Dort warf sie einen Blick über die Schulter nach oben, aber zum Glück wies ihr Zimmer in die andere Richtung.

»Gibt es noch ein zweites Stockwerk?«, fragte sie, sammelte ein paar Heuhalme auf, die in den Schnee gefallen waren, und deutete damit auf das Fenster direkt unter dem Giebel.

»Dort wohne ich.«

Kati nickte, ohne dass Chasper es sehen könnte. Natürlich. Was hatte sie gedacht, dass er jeden Abend auf Schneeschuhen ins Dorf hinunterspazierte und seine Gäste allein ließ? In dem Moment, in dem sie sich umdrehen wollte, schaltete sich die Lichterkette ein, die sich der Traufe entlang um das ganze Chalet zog, und hüllte die Dunkelheit in ein samtig weiches Licht. Irgendwo in den Wipfeln der Tannen sang ein Vogel die letzte Strophe seines Abendliedes und rechts neben ihr raschelte etwas im Unterholz; ein Hase vielleicht, oder ein Fuchs? Ganz leise ging sie weiter, der Schnee knirschte dennoch unter ihren Schuhen. Sie liebte jede Note dieses Geräusches.

»Halten Eichhörnchen Winterschlaf?«, fragte sie Chasper, als sie beim Futterstand ankam.

Er hatte bereits die Schnüre des Ballens durchgeschnitten und bedeutete ihr nun mit einem Nicken, das Heu in das Dreieck zu stopfen, das den oberen Teil der im Querschnitt wie ein X geformten Krippe ausmachte.

»Die Rehe zupfen das Futter durch die Gitterstäbe, die stehen eng aneinander, damit sie nicht zu viel aufs Mal erwischen«, erklärte er ihr leise. Sein Atem schien in der Luft zu gefrieren. »Und nein, Eichhörnchen halten keinen Winterschlaf, sondern eine Winterruhe. Heißt, sie sind ein paar Stunden täglich wach. Deswegen legen sie im Herbst auch Vorräte an, von denen sie sich in der kalten Jahreszeit ernähren.«

Natürlich, da war doch was gewesen. Eichhörnchen verbuddelten Samen und Zeugs. Wie hatte sie das vergessen können!

»Schau, hier.« Chasper winkte sie zu sich und zeigte auf den Boden etwas abseits des Futterplatzes. Kleine Abdrücke führten von einem Baum weg hinein in den Wald. »Das war eines der kleinen Kerlchen. Und das hier«, er zeigte auf eine größere Spur, »war ein Reh. Vielleicht haben wir Glück.«

Er sprach mit einer fast andächtigen Hingabe, fand Kati, als wäre er Teil dieser Natur, dieser Ruhe.

Dann drehte er sich zu ihr um, blickte sie, sein Gesicht von dem sanften Licht beleuchtet, an, blickte in sie hinein, schien es ihr, intensiv und doch schüchtern, und etwas in ihr fiel an seinen Platz, so fühlte es sich an, ja, auch wenn sie nicht sagen konnte, was es war. Ein Kribbeln, dort, wo das Herz süße Gedanken nährte, ließ sie erschauern, und sie ließ es zu, ein paar Sekunden zumindest, dann lachte sie sich innerlich aus. In achtundvierzig Stunden saß sie wieder in ihrer Wohnung in Stuttgart, das bunte Blinken der nachbarlichen Lichterkette im Wohnzimmer und ein unbeantwortetes Sehnen in ihrem Körper. Verlieb dich nicht, Kati, warnte sie sich selbst und wunderte sich noch über die Wortwahl. Flirten, darin war sie Weltmeistern. Lieben, darin nicht.

»Mir ist kalt«, sagte sie abrupt und sah die Enttäuschung in Chaspers Gesicht, ganz kurz nur, dann strahlte er wieder dieselbe neutrale Gelassenheit aus wie bei ihrer Begrüßung.

KAPITEL 14

15. Dezember

Florian

Er hatte sehr wohl Emmas schiefen Blick bemerkt, als er Tania den Schnee von der Jacke geklopft hatte. Warum? War doch nicht schlimm, sie alberten rum, alles gut und unter Kontrolle. Das Herumtollen im Schnee und der Aufstieg hatten ihn ausgenüchtert und ihm den Kopf geradegerückt. Das Flimmern im Unterleib, das er in diesem winzigen Moment verspürte, als Tania auf ihm gelegen hatte, war verflogen; erfroren wahrscheinlich, ha, ha, kein Wunder. Er rieb sich die von der Kälte roten Hände und freute sich auf eine heiße Dusche. Mit Emma.

»Was grinst du so?«, fragte seine Freundin, und er glaubte, einen misstrauischen Unterton mitschwingen zu hören. Sanft strich er ihr eine feuchte Haarsträhne hinters Ohr. Gott, sie war so hübsch, und liebte er nicht den Duft ihrer erhitzten Haut, die babyhautweiche Stelle hinter ihrem Ohr, die kleinen Leberflecke auf ihrem flachen, durchtrainierten Bauch?

Wie Inselchen auf einem See lagen sie verteilt, und im Bett fuhr er oft mit dem Finger von einem zum anderen, bis Emmas Körper von einer feinen Gänsehaut überzogen wurde und sie sich kichernd wand und drehte.

»Lust auf Vorspeise?«, murmelte er anzüglich und zog sie in Richtung Treppe.

Tiefenentspannt lagen sie zwanzig Minuten später in dem großen nach Kiefer oder so duftenden Bett, die Haut gerötet von der heißen Dusche und dem Sex.

»Stell dir vor, wenn wir erst zusammenwohnen«, murmelte Emma und streckte sich wie eine satte Katze, dann tastete sie nach dem Telefon auf dem Nachttisch. Florian tat es ihr gleich. Zehn Minuten vor sieben, gleich gab es Abendessen. Er war hungrig und wollte doch am liebsten genau hier liegen bleiben, zuhören, wie der Wind leise an den Fensterläden rüttelte, das Holz des Chalets knackte und knarrte, sich vorstellen, wie die Rehe sich in der Dunkelheit um den Futterstand drängten und Hasen durch den Schnee hoppelten, und sie beide, sicher und warm im Bett, ihre Körper leidenschaftlich ineinander verschlungen.

»Schau mal«, riss Emma ihn aus seinen Träumen. »Es hat Netz.« Pling, pling, pling, pling, machte es, und sie lachte. »Jetzt kommen alle Nachrichten aufs Mal rein.«

»Nicht wichtig«, brummte er, drehte sein eigenes Telefon so, dass er das Display nicht sah, und beugte sich über Emma, strich sanft mit dem Finger über ihre Brustwarze. »Wir könnten doch noch mal schnell …«

»Hier, Hanna hat geschrieben!«

Er ließ sich ins Kissen zurückfallen. Klar, mit seiner Mutter konnte er nicht konkurrieren.

»Hallo Liebes«, las sie vor. »Wie ist es in den Bergen, gefällt es dir? Bestimmt, das Chalet sah bezaubernd aus. Ich wäre die Reise ja so gern selbst angetreten, aber ich bin froh, dass wir den Aufenthalt an Flo weitergegeben haben, damit ihr ein Wochenende …«

Verdammt, Mama.

»Weitergegeben?« Emma rückte von ihm ab und fixierte ihn mit schmalen Augen. »Hast du mir nicht gesagt, du hättest ihnen den Aufenthalt abgekauft, weil er sich nicht stornieren ließ?«

Er angelte nach seiner Unterhose. »Mensch, Emma«, sagte er und stieg in die Boxershorts. »Spielt doch keine Rolle. Hauptsache ist, wir sind hier, gemeinsam, und haben eine schöne Zeit!«

Die Magie, die eben noch im Raum gelegen hatte, verpuffte mit Emmas Kopfschütteln, und plötzlich fror Florian, als verkörperte das Chalet die Blase ihrer Zweisamkeit und er stünde nun draußen im eisigen Wind.

»Und ob es eine Rolle spielt!« Auch sie sprang jetzt aus dem Bett, ja, sprang, grabschte nach ihrer Kleidung, jede ihrer Bewegungen Ausdruck eines Frustes, den Florian nicht verstand. »Es ist wieder so typisch du. Von allein wärst du doch gar nicht auf die Idee gekommen, mit mir wegzufahren und uns *eine schöne Zeit zu machen.*« Im letzten Teil des Satzes äffte sie ihn nach. »Das bin ich dir ja anscheinend nicht wert, dass du Geld für mich ausgibst. Immer schön warten, bis sich die Situation ergibt, so bist du, ein Opportunist, und es nervt. Genau wie mit der gemeinsamen Wohnung. Könnte dich ja was kosten, und bei Mami und Papi ist es gratis.«

Er wusste nicht, was er sagen sollte. Eine Tür fiel ins Schloss, dann erklangen Schritte auf dem Flur. Sein Magen knurrte, und im Gegensatz zu vorhin war der Gedanke an Abendessen und Gesellschaft verlockender, als hier im Zimmer zu bleiben.

»Ich …«, sagte er, einfach, um etwas gesagt zu haben, und wartete darauf, dass Emma ihn unterbrach.

»Ich, ich, ich«, rief sie dann auch, warf ihre langen Haare mit Schwung nach vorn, raffte sie zu einem Pferdeschwanz zusammen und richtete sich mit Schwung wieder auf, rot im Gesicht. »Du bist fünfundzwanzig und benimmst dich wie ein pubertierender Teenager. Ich liebe deine Eltern wirklich, aber da müssen wir noch nachjustieren.«

Nachjustieren? Er war doch kein Roboter, bei dem man einfach an einem Schräubchen drehen konnte, damit er so funktionierte, wie Madame es gern hätte. Hätte er vor einer halben Stunde, nein, sogar noch vor für Minuten alles dafür gegeben, mit seinem Finger die Muttermal-Inseln auf ihrem Bauch miteinander zu verbinden, ließ ihn nun ihr Anblick in Unterwäsche kalt.

»Manchmal frage ich mich«, fing er an und wusste, dass er wahrscheinlich nicht aussprechen sollte, was ihm auf der Zunge lag, aber es lag schon lange dort. »Ich frage mich, ob du in Wirklichkeit nicht nur wegen meiner Eltern mit mir zusammen bist. Als Ersatz für die Familie, die du bei dir zu Hause nicht findest.« Die hitzige Röte wich aus Emmas Gesicht und er befürchtete schon, sie würde direkt vor seinen Füßen zusammenbrechen. Fürsorglich streckte er die Hand aus und packte sie am Ellbogen.

»Das … ist nicht wahr«, stammelte sie. »Ich liebe dich. Ich will mit dir zusammenziehen, schon vergessen? Du bist der, der sich wehrt.«

»Ich wehr mich doch nicht«, wehrte er sich und ließ sie los. »Ich hab nur nicht verstanden, dass es dir so wichtig war, okay? Würde das Scheißnetz hier besser funktionieren, könnten wir auf der Stelle in die App gehen und uns für jede Wohnung anmelden, die dir gefällt, jede! Meine Ansprüche schiebe ich komplett zur Seite, in Ordnung? Ist dir das Beweis genug?« Er knöpfte sich das Hemd zu, fluchte, als er bemerkte, dass er einen Knopf übersprungen hatte, knöpfte wieder auf und richtig wieder zu. Seine Finger zitterten. Emma starrte ihn an, immer noch nur in Unterwäsche. Kurz schloss er die Augen und atmete tief durch. Er wusste nicht, was es war, aber es lag etwas in der Luft, etwas Elektrisches, Elektrisierendes, vielleicht der Wind, vielleicht der Schnee.

»Tut mir leid«, sagte er, als er die Lider wieder öffnete. »Ich liebe dich. Komm, zieh dich an, ich warte unten auf dich, ja?« Er lächelte sie zerknirscht an, sie lächelte halb schmollend, halb erleichtert zurück, und als er an ihr vorbei zur Tür ging, drückte er ihr einen raschen Kuss auf die Wange. Was für ein Unterschied zu noch vor einer halben Stunde.

In der Kaminstube war der lange Esstisch weihnachtlich gedeckt, mit einem weißen Tischtuch, dunkelgrünen Platztellern, rustikalen Holzbrettern in der Mitte mit Tannenzweigen, Zapfen, goldenen Kugeln und dicken weißen Kerzen. In der Ecke dahinter, beim Fenster, stand ein dekorierter Weihnachtsbaum, dessen elektrische Kerzen ein besinnliches Licht ausstrahlten, und auf dem Tischchen vor dem Kamin stand ein Adventskranz. Die Behaglichkeit nahm Florian den schweren Mantel der Frustration von den Schultern und er entspannte sich. Emma hatte schließlich auch ein bisschen recht. Er hatte sie angeschwindelt, um gut vor ihr dazustehen, indem er ihr gesagt hatte, er hätte für den Aufenthalt bezahlt, obwohl seine Eltern die Reise natürlich ohne Kosten an ihn abgetreten hatten. Es roch fantastisch; sie würden gut essen, ein Gläschen Wein trinken und danach würde er sich entschuldigen und ihr erklären, dass er ihr hatte imponieren wollen. Im selben Moment fragte er sich, ob sie wohl gerade mit seiner Mutter telefonierte, um sich über ihn zu beklagen, darüber, wie sie ihn am besten justieren konnten. Hoffentlich war das Netz wieder zusammengebrochen.

Unsicher stand er vor dem langen Tisch. Am entfernten Ende, nahe dem Weihnachtsbaum, saß Tanias Mutter und las. Hinter ihm trat jemand ein; erst dachte er, es wäre Tania, und eine eigentümliche Spannung legte sich um seinen Brustkorb, aber es war eine der beiden Frauen aus dem halbtoten Auto, die mit den kurzen Haaren und der Tolle, die ihr vorwitzig ins Gesicht fiel. Sie lächelte ihn an, wie man Fremde eben anlächelte, wenn man aufgrund der Umstände höflich sein wollte, schien dann kurz genauso zu zögern wie er, sich zu setzen. Ein seltsames Konzept, alle Gäste an einem großen Tisch zu vereinen ... Aber schließlich ließ sie sich gleich beim ersten Teller nieder.

Ohne zu wissen, ob er irgendjemandem damit einen Gefallen tat, setzte Florian sich auf der anderen Seite des Tisches ziemlich genau in die Mitte der Bank, sodass Tania, wenn sie wollte, neben ihrer Mutter oder ihr gegenüber Platz nehmen konnte. Das Kaminfeuer prasselte lustig, ansonsten herrschte Stille. Florian brauchte nicht die ganze Zeit zu reden, aber dieses Schweigen war eines der unangenehmen Sorte, eines, von denen man spürte, dass jede anwesende Person etwas mit sich herumtrug und es nicht aussprechen wollte. Er fragte sich, was es in seinem Fall war, aber bevor er sich die Antwort eingestehen wollte, trat Chasper ein, lächelte freundlich und sammelte dann zwei der Gedecke ein, sodass nur noch drei auf jeder Längsseite übrig blieben.

»Kurzfristige Stornierung«, erklärte er, ohne dass jemand gefragt hätte, und wies mit einem Kopfnicken zum Fenster. Im Schein der Lichterkette erkannte Florian vereinzelte dicke Schneeflocken. »Der Wetterbericht warnt mittlerweile vor Fahrten ins Engadin. Die Front, die uns nur streifen sollte, wird nun vermutlich direkt über uns hinwegziehen. Könnte ganz schön was runterkommen heute Nacht.«

Florian nickte. Hatte der Jasser mit dem Ziepen im Knie also recht gehabt. Dann legte Chasper die Karten mit dem Menü auf den Tisch; wie am Abend zuvor gab es nichts auszuwählen. Was der Chef kochte, wurde gegessen, Punkt, nur mit wenigen Abweichungen im Falle von Allergien, Unverträglichkeiten oder alternativen Ernährungsformen. Rieslingsuppe mit Bündnerfleisch, las er, und sein Magen knurrte. Risotto mit Wirz, dazu gedünsteter Saibling. Und zum Nachtisch Eis aus der Füllung der Engadiner Nusstorte auf einem Mürbeteigkeks. Er wähnte sich im siebten Himmel.

Schritte kündigten weitere Gäste an; die zweite Frau aus dem keuchenden Auto trat ein, die Fahrerin, grüßte knapp in Richtung ihrer Begleiterin und setzte sich zu Florians Erstaunen so weit weg von ihr wie möglich, nämlich gegenüber von Tanias Mutter. Die Knautschtollen-Dame gab sich sichtlich Mühe, ihre Bestürzung nicht zu zeigen, aber es gelang ihr nicht ganz. Sie presste ihre Lippen zusammen und breitete sorgfältig und mit nach unten gerichtetem Blick ihre Serviette auf dem Schoß aus.

»Hey.« Emma trat ein, dahinter Tania. Doch statt sich zu ihrer Mutter zu begeben, ließ sie sich auf den Platz neben Florian plumpsen, sodass Emma nichts anderes übrig blieb, als sich an die Seite der älteren Frau zu setzen. Auch die sah nicht glücklich aus über die Sitzverteilung, und Florian fragte sich, ob er Tania anbieten sollte, den Platz zu tauschen, aber da verschränkte Emma unter dem Tisch ihre Beine mit seinen und er fühlte sich gefesselt.

»Emma«, stellte seine Freundin sich Tanias Mutter vor.

»Rebekka, freut mich«, antwortete diese und suchte den Blickkontakt mit ihrer Tochter, die sich aber mit ihrem Gegenüber beschäftigte.

»Ich bin Tania«, sagte sie und nahm die Karte in die Hand. »Hm, klingt lecker. Schon gesehen?«

»Danke«, sagte die Frau. »Ich bin Kati. Und dort drüben …« Sie betonte das letzte Wort stark. »Dort sitzt Martha.« Die Angesprochene hob kurz die Hand und spielte dann mit dem Ring an ihrem Finger, als wollte sie einen Dschinn ins Leben rufen.

»Florian«, murmelte er in die Runde, und noch einen Augenblick hielt dieses eigenartige Schweigen an, dann zerbarst ein Holzscheit im Kamin und Rebekka entfuhr ein leises Quietschen.

»Hab ich mich jetzt erschrocken«, sagte sie, und

Martha lachte, legte ihr die Hand auf den Arm und verwickelte sie dann in ein Gespräch über die Qualität des Strickpullis, den Rebekka trug. Chasper trat ein, stellte zwei Körbe mit duftenden Brötchen auf den Tisch, dazu ein Tellerchen mit drei Buttersorten, und fragte nach den Getränkewünschen. Kati schien den Weihnachtsbaum zu bestaunen, aber Florian war sicher, dass sie eigentlich Martha fixierte, als wollte sie sie durch Willenskraft dazu bringen, sie anzuschauen. Waren hier alle irgendwie zerstritten? Das konnte ja heiter werden. Zum Glück war Emma wieder aufgetaut und unterhielt sich prächtig mit Tania, Tania, deren Präsenz er mehr spürte als Emmas, obwohl seine Freundin mit ihrem Bein an seinem rieb und Tania einfach nur neben ihm saß. Ihm wurde heiß. Er griff nach einem Brötchen, roch daran; selbst gebacken, keine Aufbackware, da war er sicher.

»Na, stimmt die Qualität?«, fragte Tania trocken und Emma kicherte. »Reichst du mir auch eins?«

Wie es sich gehörte, hielt er den Brotkorb erst Emma hin, dann Tania, sah dabei so knapp an ihr vorbei, dass es gerade noch als nicht unhöflich aufgefasst werden konnte, aber im letzten Moment schwenkte sein Blick doch für den Bruchteil einer Sekunde einen Zentimeter nach links, verdammt, und schon schoss ihm wieder eine Hitzewelle durch den Körper. Blind schmierte er sich Butter auf das Stück Brot und biss ab; die Kruste war knusprig, aber nicht hart, die Krume weich und noch warm, die kalte Butter …

»Nelke«, stieß er hervor, überrascht. Nelkenbutter, noch nie gegessen. Was erschlagen könnte, war nur ganz fein, ein Hauch des Gewürzes. »Koste mal«, forderte er Emma auf, aber die verzog das Gesicht. Klar, die sportliche Linie.

»Schmeckt gut«, hörte er Tania sagen. »Krass. Und was ist das Grüne?« Er behielt Emma im Auge, die wiederum amüsiert Tania dabei beobachtete, wie sie sich durch die Aufstriche probierte. Hatte sie den Moment vorhin bemerkt?

»Tannennadeln? Mit … Knoblauch?« Sie schmatzte leicht und er traute sich immer noch nicht, sie anzusehen. Aber allein ihre Stimme versetzte ihn in Schwingungen und er konnte sich nicht erklären, warum. Emma, dachte er flehentlich, Emma, Emma, um seine Gedanken wieder zu seiner Freundin zu lenken, um seine Gefühle anständig auszurichten, Emma war doch sein Norden.

»Hm, und die dritte Butter ist mit Cranberry und Orange, genial. Ich liebe das Essen hier jetzt schon«, schwärmte Tania genießerisch. Sie verlagerte ihr Gewicht auf der Bank etwas und stieß dabei mit ihrem Knie an seins, und bei der Berührung erzitterte die Nadel in Florians Kompass wieder, als wäre sie sich des Nordens nicht mehr ganz sicher.

KAPITEL 15

15. Dezember

Tania

Als Tania hinter Emma in die Kaminstube getreten war, hatte die sprichwörtlich dicke Luft darin sogar den warmen Schein des Feuers und der Kerzen gedämpft. Aber nach diesem ersten eigenartigen Moment hatte sich das Abendessen zu einem gemütlichen Beieinander entwickelt, bei dem nach kurzer Zeit alle gelöst mit- und durcheinander redeten. Vielleicht hatte Chasper etwas in diese Suppe getan, fragte sich Tania und öffnete unauffällig den Knopf ihrer Hose. Sie war mehr als satt, aber das Essen hatte fantastisch geschmeckt. Die Cranberry-Orangen-Butter würde sie zu Hause versuchen, nachzumachen, das schwor sie sich.

Erstaunt hatte sie jedoch zur Kenntnis genommen, dass ihre Mutter wohl von allem nur eine halbe Portion bestellt hatte; würde es ihr nicht guttun, mehr zu essen, so mager, wie sie war? Und war das wirklich Sorge, die diese beständig leise vor sich hin köchelnde Wut auf eine fast erträgliche Temperatur abkühlte? Kühl genug, um Rebekka nicht komplett zu ignorieren, aber doch nicht so kalt, um locker-flockig wie das Schneegestöber vor dem Fenster mit ihr zu kommunizieren. Es wartete immer noch ein Gespräch auf sie, auf das sie so gar keine Lust hatte. Dafür sorgte Martha für Lacher, indem sie versuchte, Schweizerdeutsch zu sprechen, obwohl sich ihre Zunge bereits nach einem Glas Wein verknotet hatte, und Emma bewies Talent dafür, den Smalltalk stetig am Laufen zu halten und alle mit einzubeziehen, das war Tania bereits in der Beiz aufgefallen. Sogar diese Kati, die etwas angesäuert ganz am Rand saß, steuerte hin und wieder ein Lächeln bei. Nur Florian war ruhig, ruhiger als noch am Nachmittag, fand Tania, beinahe in sich gekehrt, als versuchte er, irgendetwas mit sich selbst auszumachen, ohne genau zu wissen, was. Als er ihr den Brotkorb hingehalten hatte, war er ihrem Blick ausgewichen, als fürchtete er sich davor, ihr damit eine Nachricht zu schicken, die besser geheim bleiben sollte, und noch bevor sie es verhindern konnte, prickelte die Wärme wieder durch den Winter ihres Herzens. Vergiss es, wies sie es in seine Schranken.

»Alles in Ordnung?«, fragte Chasper und sammelte die Teller der Nachspeise ein.

»Hervorragend«, lobte Florian. »Ich würde zu gern wissen, wie Sie dieses Eis anfertigen.« Beim Thema

Essen kam wieder Leben in ihn, und Tania fragte sich belustigt, wie es sein konnte, dass sich Chasper ihnen mit Vornamen vorgestellt hatte und nun der Einzige war, der noch gesiezt wurde.

»Setzen Sie sich doch zu uns«, bat ihre Mutter und fügte mit einem Augenzwinkern hinzu: »Der Abwasch kann warten.«

Wie witzig. Oder peinlich. Tania verdrehte die Augen nur zur Hälfte, dann sah sie, dass Chasper sie beobachtete, und zuckte verlegen zusammen. Sie sah aber auch, wie Kati wiederum Chasper verstohlen taxierte, dabei einen noch verstohleneren Blick zu Martha warf, als hätte sie Angst vor deren Reaktion, und wie Chasper sein Gewicht kaum sichtbar von einem Bein auf das andere verlagerte, entweder aus Unbehagen oder Nervosität oder beidem zusammen. Es lag ein seltsames Kribbeln in der Luft, fand Tania und konnte sich keinen Reim drauf machen. Aber dann lächelte er höflich, stellte den Tellerstapel auf die Anrichte hinter ihm und nahm die zwei Platten voller Plätzchen, die dort standen, um sie zwischen die Tischdeko zu stellen. Dann setzte er sich neben Tania.

»Ein Minütchen«, sagte er, und dann: »Nein danke, keinen Wein für mich«, als Florian ihm einschenken wollte. Dabei berührte dieser Tania am Arm; eine Hitzewelle wallte von dem Punkt aus durch ihren ganzen Körper und wieder zurück. Sie zwang sich, an Simon zu denken, sah zum Fenster und dachte sich in den kalten Schnee, an die eisige Luft, und erwischte ihre Mutter dabei, wie sie sie beobachtete, traurig, verletzlich. Auf einmal überkam Tania das Bedürfnis, sie zu umarmen, festzuhalten, weil sie aussah, als wäre sie dabei, sich in Luft aufzulösen. Blödsinn, schimpfte sie in derselben Sekunde und schüttelte den Kopf. Das war nur das Flackern der Kerzen, der Wein, ihr schlechtes Gewissen.

»Frau Gerber, nicht wahr?«, fragte Chasper in Emmas Richtung. Sie nickte. »Wollen Sie nicht mit Frau Weber den Platz tauschen, damit sie sich besser mit ihrer Mutter unterhalten kann?«

Emma, einen Zimtstern fast im Mund, drehte ruckartig den Kopf hin und her, errötete tatsächlich. »Natürlich, tut mir leid, ist mir gar nicht ...«

»Ich kann das schon für mich selbst entscheiden«, warf Tania ein. Aber Emma hatte sich schon erhoben und umrundete den Tisch, und Florian rutschte ein Stück von ihr weg, damit sie ihre Beine über die Bank schwingen konnte. Hatten sich alle heimlich gegen sie verschworen. Sie presste die Lippen aufeinander und leistete dem Befehl Folge.

»Tut mir leid«, flüsterte ihre Mutter, als sie sich neben sie auf die Bank gequetscht hatte. »Es soll kein Zwang sein.«

»Mama, dass ich überhaupt hier bin, entstand schon unter Zwang«, murmelte sie zurück, ohne sie anzuschauen, und stupste eine der goldenen Kugeln an, die zur Dekoration auf dem Tisch lagen. »Kannst du dich einfach entschuldigen, damit wir es hinter uns bringen?« Sie schielte zu Martha, die gegenüber saß, aber die schien sich nicht um ihr Getuschel zu kümmern, sondern beobachtete sichtlich fasziniert das Schneetreiben. Ob sie darauf wartete, dass der Weihnachtsmann auftauchte? Ein Reh zum Fenster reinschaute?

»So einfach ist es nicht, Tania.«

»Es ist nur ein Wort, Mama.« Sie hatte es lauter gesagt als beabsichtigt und hob den Kopf in die Stille hinein, die eingesetzt hatte. »Entschuldigung«, sagte sie automatisch, und dann, zu ihrer Mutter gewandt, zischte sie: »Siehst du? Nur ein Wort.«

Rebekka stippte einen Krümel vom Tischtuch und ließ ihn auf den dunkelgrünen Platzteller fallen, in Gedanken versunken, als ränge sie mit sich, als fände sie einfach den Schlüssel nicht, um den Motor zu betätigen, der ihrem Mund den Antrieb gab, zuzugeben, dass sie falsch gehandelt hatte. Dann nahm sie ihre Serviette vom Schoß, faltete sie zusammen und stand resolut auf.

»Wir sollten nach oben aufs Zimmer gehen und endlich reden. Jetzt.«

Wieder unterbrachen die anderen ihre Gespräche. Nur das Feuer im Kamin knisterte, ein Scheit zerbarst und sprühte Funken, Martha lachte erschrocken und hielt sich sofort die Hand vor den Mund, als hätte sie einen heiligen Moment entweiht. Aber hieran war gar nichts heilig, verdammt, dachte Tania, es war Erpressung vor der versammelten Mannschaft. Sie sah ein großes Fragezeichen in Florians Gesicht, unverhohlene Neugier in Emmas und vorwurfsvolles Unverständnis in Chaspers, und sie fühlte sich bockig wie eine Vierzehnjährige, der man befohlen hatte, die verhassten Hausaufgaben zu erledigen, bevor sie ihre Freundinnen sehen durfte, wusste, dass es falsch war, und kam dennoch nicht dagegen an. Ihr Atem zitterte beim Ausatmen, während sie versuchte, äußerlich so gelassen wie möglich zu wirken, und gleichzeitig fragte sie sich, wovor um Himmels willen sie solche Angst hatte. Denn eigentlich wollte sie am liebsten zur Tür hinausmarschieren, raus aus diesem seltsamen Chalet voller Menschen, die alle irgendwas miteinander zu verbinden schien, obwohl sie einander gar nicht kannten, Blicke, die sich wie Spinnenfäden zu einem Netz webten, Zuneigungen, Abneigungen, offener Streit oder versteckte Andeutungen lebensverändernder Tatsachen. Ja, vor allem Letzteres war es, was Tania vorhin schon wahrgenommen hatte. Es lag etwas in der Luft, ein Flimmern, ein Kribbeln, unheilvoll trotz der im Licht der Kerzen schimmernden Weihnachtskugeln, dem Duft nach Tannen und Zimt, und den dicken weißen Flocken, die vom Himmel schwebten. Sie wollte einfach weg hier. Morgen. Morgen früh. Und wenn sie zu Fuß durch den Neuschnee bis zum Bahnhof stapfen musste.

Die Tür zum Zimmer ihrer Mutter stand offen und sie selbst am Fenster und blickte hinaus. Mit der Hand krallte sie sich am Vorhang fest, als hätte sie Angst, dass ihr die Knie nachgeben würden, wie Tania erstaunt feststellte. Sie musste ebenso nervös sein wie sie.

»Also, Mama«, gab sie den Startschuss.

Ihre Mutter drehte sich um, lächelte, als ob das was helfen würde, und deutete auf das Bett, während sie sich auf den einzigen Stuhl setzte. Tania blieb stehen.

»Ja«, sagte Rebekka und zeichnete mit dem Fuß einen Kreis auf den Dielenboden. »Wo soll ich anfangen.«

Tania schnaubte leise. »Soll ich dir eine Zusammenfassung der Ereignisse geben? Ich habe die Liebe meines Lebens gefunden, du hast mir das nicht gegönnt und meine Beziehung zerstört.«

»Ich habe dir das nicht gegönnt?« Ihre Mutter sah verwirrt aus. Gute Taktik, Mama.

»Ich war glücklich mit Simon und du bist seit der Scheidung allein, desillusioniert und einsam.«

Rebekka wischte den zweiten Teil ihres Satzes unwirsch zur Seite. »Dieser Mann ist fast zwanzig Jahre älter als du, verheiratet und Vater. Wie hast du dir das vorgestellt? Wie sollte das funktionieren?«

»Wunderbar hätte das funktioniert, wärst du nicht dazwischengegangen. Seine Ehe war schon lange vorbei, das hat er mir immer wieder gesagt. Er wollte seine Frau sowieso verlassen.«

»Und du wärst mit zweiundzwanzig Stiefmutter eines neunjährigen Jungen geworden?«

Tania verlagerte das Gewicht von einem Bein auf das andere. »Das Kind wäre bei seiner Mutter geblieben. So hast du es damals mit Papa schließlich auch arrangiert, als ihr euch getrennt habt.«

»Oh, und weil du ohne Vater aufwachsen musstest, dachtest du, hat es ein anderes Kind auch verdient?«

»Das Leben ist nicht fair.«

»Nein, das Leben ist nicht fair«, sagte Rebekka langsam und nickte dabei bedächtig, als hätte sie soeben einen Entschluss gefasst. Den Entschluss, endlich eine Wahrheit zu offenbaren. Tania fröstelte. War es das, was in der Luft lag? Da fuhr ihre Mutter auch schon fort. »Aber lass mich dir eins sagen, wenn wir schon darüber reden: Wir haben gar nichts arrangiert, damals. Dein Vater lernte eine andere Frau kennen und ging. Sie wollte keine Kinder, weder eigene noch fremde, wollte frei sein, reisen können, kein Geld für Ausbildung beiseitelegen müssen. Und er hat eingewilligt. Er hat dich zurückgelassen, im Tausch gegen ein unabhängiges Leben.«

Fast ein wenig erleichtert lachte Tania auf. »Das denkst du dir doch jetzt bloß aus. Wieso hättest du mir das so lange verschwiegen?«

»Weil ich nicht wollte, dass du dachtest, dein Vater sei ein Arschloch, das dich einfach aus seinem Leben gestrichen hat.«

»Er gratuliert mir jedes Jahr zum Geburtstag.«

»Weil ich ihn daran erinnere.«

»Und wieso sagst du mir das jetzt?«

»Weil es an der Zeit ist, alte Gewichte loszulassen.«

»O nein, Mama«, sagte Tania, mühsam beherrscht, stieß sich von der Wand ab, weil sie einfach nicht mehr stillstehen konnte, aber in dem kleinen Zimmer war kein Platz, um auf und ab zu tigern, und so war es nur ihr Herz, das raste. »Was du tust, ist, die Gewichte aus deinem Rucksack einfach in meinen zu häufen. Und ich dachte, wir wären hier, weil du dich entschuldigen wolltest.«

»Nun, ich entschuldige mich für den Schmerz, den du durch die Trennung erlitten hast. Ich entschuldige mich nicht dafür, sie initiiert zu haben, indem ich ihm drohte, die Affäre auffliegen zu lassen. Dieser Mann hätte seine Frau nicht verlassen. Er ist übrigens immer noch mit ihr zusammen. Du warst nichts als eine kleine Ablenkung für ihn, Tania. Er hätte dir früher oder später das Herz gebrochen, so wie es dein Vater bei mir getan hat.«

Tania merkte richtiggehend, wie diese Steine, die ihre Mutter ihr zuschob, sie nach unten zogen, durch eisiges, dunkles Wasser. »Das ist nicht wahr! Er hat mich geliebt! Er hat nur Zeit gebraucht, und du … und du …« Sie spürte Tränen hinter ihren Lidern prickeln und biss sich auf die Zähne, um sie zurückzudrängen.

»Und ich muss dir noch etwas sagen, mein Kind.«

Wie war sie so schnell aufgestanden und an sie

herangetreten? Warum lag da so viel Schmerz in ihrem Ausdruck? Aber als ihre Mutter die Hand ausstreckte, mit der stummen Bitte, diese halbgare Entschuldigung anzunehmen, schüttelte Tania den Kopf, drehte sich um und floh aus dem Zimmer. Auf dem Gang hörte sie die anderen unten im gemütlichen Kaminzimmer lachen, Weihnachtsmusik lief, *Baby, it's cold outside*, und sie wünschte sich dorthin. Stattdessen ging sie in ihr eigenes Zimmer, nahm ihr Telefon und schrieb eine Nachricht an Simon. Eine Nachricht, die er nie lesen würde, weil er sie schon lange blockiert hatte.

Irgendwann klopfte es zaghaft an ihrer Tür; es musste ihre Mutter sein, sie blieb stumm. Irgendwann später klopfte es erneut, dieses Mal kräftiger, und sie hörte Florian, wie er fragte, ob alles in Ordnung sei.

»Kopfschmerzen«, log sie, und er polterte wieder die Treppe runter. Sie duschte lang, erst heiß, dann eiskalt, dann wieder heiß, kuschelte sich unter die Decke, vermisste das Gewicht ihrer Katzen, die so gern auf ihren Beinen schliefen, vermisste das Geräusch der Nachbarskinder, die oft spätabends noch über ihrem Kopf Radau machten, vermisste Clémis spöttische Kommentare und fühlte sich furchtbar allein. Erst nach einiger Zeit merkte sie, dass Simon in ihrer Vermissten-Liste nicht vorkam; sie fügte ihn rasch hinzu, entschuldigte sich im Stillen bei ihm und weinte sich in den Halbschlaf, in dem sie irgendwann hörte, wie ein Gast nach dem anderen die Treppe hochkam und sie alle in ihren Zimmern verschwanden. Noch kurz quietschten die Dielen, rauschte Wasser; die Zimmer waren gut isoliert und doch glaubte Tania, leise das rhythmische Geräusch von Bett gegen Wand zu vernehmen. Florian und Emma im Nebenzimmer. Sie verspürte einen winzigen Stich der Eifersucht. Wie dumm von ihr, Florian war tabu für sie. Aber war Simon nicht auch in einer Beziehung gewesen, ja sogar verheiratet? Mit Kind? Warum hatte sie es dort nicht gestört?

Als es längere Zeit wirklich still war, setzte sich Tania im Bett auf und griff nach dem Telefon. Kurz vor eins. Sie konnte nicht schlafen. Durch den Spalt im Vorhang fiel Licht, dann wurde es wieder dunkel. Sie krabbelte aus dem Bett und spähte hinaus. Schräg unter ihrem Fenster stand Chasper an der Hauswand, die Hände in den Hosentaschen vergraben, stocksteif, als wäre er bereits nach wenigen Sekunden zu einer Statue erfroren. Nur die weißen Atemwölkchen zeugten davon, dass er sehr wohl lebte. Spinner. Gerade wollte sie den Vorhang loslassen, als sie eine Bewegung wahrnahm. Und dort, kaum ausmachbar zwischen Dunkelheit und Schneetreiben, stand ein Reh. Genauso still wie Chasper. Furchtlos oder vor Furcht gelähmt? Dann hob Chasper langsam die Hand, als wollte er das Tier grüßen, und nach zwei, drei weiteren Sekunden trabte das Reh ohne Eile von dannen, verschmolz mit dem

Wald. Gänsehaut wallte über Tanias Arme, und ohne nachzudenken, zog sie ihren Pulli über den Pyjama, schlüpfte in die Filzpantoffeln, nahm ihren Schlüssel und verließ das Zimmer.

Das Feuer im Kamin glomm immer noch und war die einzige Lichtquelle im Raum. Der Weihnachtsbaum stand dunkel in seiner Ecke; sie wollte, sie könnte ihn fragen, was nach ihrem Abgang noch alles geredet wurde, wer wem welche Blicke zugeworfen hatte und warum, aber er war ein stummer Zeuge.

»Brauchst du etwas?«, hörte sie Chasper fragen, bevor sie ihn sah. »Entschuldigung, wir haben vorhin alle aufs Du angestoßen, aber wenn Sie wollen ...«

»Nein, nein«, wehrte Tania ab. Es fühlte sich seltsam intim an, hier im fast Dunkeln, warm, weich, wohlig, und sie merkte, wie sie sich endlich entspannte. »Ich wollte nicht stören, ich wusste nicht, dass du noch wach bist«, log sie. »Ist schon spät.«

Chasper schwieg und Tania wagte nicht, sich zu bewegen. Vor dem Fenster fiel der Schnee noch dichter. Hypnotisierend. Sie erinnerte sich, wie sie als Kind den Kopf in den Nacken gelegt und nach oben gestarrt hatte, den Schneeflocken entgegen, und sich unendlich gefühlt hatte bei dem Anblick.

»Das Hotel allein zu betreiben, ist viel Arbeit. Auch wenn es klein ist«, sagte Chasper schließlich.

Nur mühsam konnte Tania ihren Blick von dem

weißen Treiben lösen. »Hast du keine Hilfe? Deine Frau oder so?«

»Nein«, antwortete er ruppig. Und noch einmal: »Brauchst du etwas?«

Diese Kati würde sich freuen, dass er Single war, so wie sie ihn angehimmelt hatte. Aber vielleicht wusste sie es mittlerweile ja auch.

»Einen Schnaps hätte ich gern«, sagte sie. »Etwas, das müde macht.« Sie setzte sich an den Esstisch, auch wenn der Sessel beim Kamin einladender aussah. Von hier aus konnte sie aus dem Fenster sehen, zusehen, wie die Welt unter dieser dicken weißen Decke verschwand so wie die Tische auf der Terrasse, Ecken und Kanten abgerundet wurden, bis keine Konturen mehr erkennbar waren. Traumartig. Hatte sie sich das Reh vorhin nur eingebildet?

Was Chasper ihr ein paar Minuten später brachte, war eine Tasse warme Milch. »Mit Honig«, sagte er lapidar und stellte einen Teller mit Guetzli auf den Tisch. Zimtsterne, Spitzbuben, erkannte sie, irgendetwas Schokoladiges und Haselnussmakronen.

»Ich ... ich wollte einen Schnaps«, sagte sie. »Ich bin doch kein kleines Kind.«

Chasper hieb mit dem Feuerhaken sanft auf das letzte Holzscheit, bis es zerfiel, und verteilte die Glut, bevor er die Glastür wieder schloss. »Du benimmst dich aber sehr wie jemand, der ganz dringend eine Mutter bräuchte.«

Sie schnaubte empört. »Entschuldige?« Er setzte

sich zu ihr an den Tisch, und sie wusste nicht, ob sie das wollte oder nicht. »Was weißt du schon von mir?«

Er nahm sich ein Plätzchen, roch kurz genießerisch daran, biss aber nicht ab. »Bisschen was. Deine Mutter war lang genug allein heute, sodass wir uns ab und zu unterhalten haben.«

»Dann bist du aber einseitig informiert. Sie hat mich sehr verletzt; sie hat mir das genommen, was mir nach ihr am wichtigsten war. Wie könnte ich ihr das einfach so verzeihen?«

»Indem du ihr einfach so verzeihst.«

Tania lachte unsicher und rührte in ihrer Tasse. »Sehr witzig.«

»Das Leben ist zu kurz, um zerstritten zu sein«, sagte Chasper und zerbröselte die Makrone zwischen seinen Fingern.

»Wie poetisch.« Pathetisch, hatte sie sagen wollen und sich im letzten Moment auf die Zunge gebissen. Sie nahm einen Schluck von der Milch; sie war süß und alpsahnig und voller Erinnerungen an unzählige Momente des Zubettgehens, daran, wie sie ihre Nase in die weiche Wange ihrer Mutter drückte, wie diese ihr mit sanftem Zug die langen Haare zu einem Zopf flocht und ihr dabei Gutenachtlieder ins Ohr summte, an gemeinsames Zählen der Leuchtsterne an ihrer Zimmerdecke, komm, ein letztes Mal den Löffel mit dem Honig abschlecken und dann schlafen, meine Nudel. Unwillkürlich füllten sich ihre Augen mit Tränen, sie konnte sie nicht zurückhalten. Wie hatte sie sich so in diese Wut verrennen können? Und doch war es nicht richtig von ihrer Mutter gewesen, sich wie eine Axt in ihr Privatleben zu treiben. Damit hatte sie auch ihr Vertrauen gespalten. Erinnerungen allein reichten nicht aus, um das wieder zu kitten.

Chasper reichte ihr eine Serviette. Sie presste sie gegen die Augen, bis es schmerzte und sie sich wieder unter Kontrolle hatte.

»Hast du vorhin wirklich ein Reh begrüßt?«, fragte sie, schniefte noch einmal und knabberte einen Zimtstern an.

Er sah ertappt aus; der Ausdruck von Mitgefühl, der eben noch auf seinem Gesicht gelegen hatte, verschwand unter einer neutralen Maske.

»Ja.«

Tania wartete, dass er mehr erzählte, von den Rehen, von diesem Reh im Speziellen, aber Chasper stand auf.

»Du solltest dich mit deiner Mutter versöhnen.«

»Ich wollte … morgen früh … abreisen«, stammelte Tania, von dem abrupten Ende ihres Gesprächs verwirrt, wie aufgewacht aus diesem seltsamen Traum.

Chasper schüttelte den Kopf und wies mit dem Kinn zum Fenster. »Das kannst du vergessen.«

KAPITEL 16
16. Dezember

Kati

Marthas Schnarchen riss Kati aus dem Schlaf, eine undefinierbare Reihenfolge an Grunzlauten. Sie stupste sie an, und dann, als sie nicht reagierte, rüttelte sie an ihrem Arm.

»Dreh dich auf die Seite, verdammt«, murmelte sie, und wieder äußerte Martha seltsame Töne, zog die Decke enger um sich und drehte sich tatsächlich um. Fast augenblicklich herrschte Ruhe, und diese Ruhe zog Kati wieder in den Schlaf, als würde sie durch dickes Wasser sinken, langsam, stetig, aber dann realisierte ihr Gehirn etwas, etwas war anders, und sie blieb auf halbem Weg ins Traumland stehen. Lächelte verschlafen. Da war sie, die Stille des verschneiten Morgens. Langsam öffnete sie die Augen; durch den Spalt des Vorhangs drang bereits trübes Tageslicht. Sie sah auf ihr Telefon und erschrak. Fast neun Uhr! War auch sonst noch niemand wach oder schluckte der Schnee auch die Geräusche im Haus? Vorsichtig, um Martha nicht zu wecken, schälte sie sich aus der

Daunendecke, stieg aus dem holzduftigen, äußerst bequemen Bett und tapste zum Fenster. Ihr Herz klopfte laut vor Vorfreude, ach, diese Momente in ihrer Kindheit, wenn sie an solchen Tagen aufgewacht war, die Gewissheit in der Luft, dass sich die Welt verkleidet hatte. Und ja, als sie den Vorhang zur Seite schob, war es weiß. Es war so weiß, dass sie erst gar nichts erkannte. Blinzelnd versuchte sie, auszumachen, was sie gestern noch gesehen hatte, die Tische auf der Terrasse, links hinten die Saunahütte, die hohen Tannen. Aber das Flockengestöber war so dicht, dass sie nur die Konturen erahnen konnte. Wie viel Schnee war gefallen? Dreißig Zentimeter? Mehr? Ungläubig öffnete sie das Fenster und schnappte nach Luft; es war noch kälter als gestern, es war schneidend kalt, es war klirrend kalt, aber sie streckte dennoch die Hand aus, wischte den Schnee vom Sims, schloss die Augen. Atmete Eis in ihre Lunge. Lauschte.

Stille.

Fast.

Fast unhörbar war es, und doch: Es lag ein Knistern in der Luft, das Geräusch Tausender federleichter Schneeflocken, die sich sanft aufeinanderlegten. Es war das friedlichste Geräusch, das Kati jemals vernommen hatte.

»Kalt«, murmelte Martha empört. »Mach zu.«

»Schau nur, Martha!«, sagte Kati aufgeregt. »Schau nur diese Pracht!«

»Will schlafen.«

»Es ist schon neun, Trantüte.«

»Nix los hier. Kopfweh. Lass mich schlafen.« Und damit zog sie sich die Decke über den Kopf und rollte sich darunter zu einer Kugel.

Nix los hier. Das war doch das Schöne. Aber Martha saß der Kater in den Knochen, denn natürlich hatte sie gestern mehr als drei Gläser Wein getrunken, und danach noch von dem selbst angesetzten Nussschnaps, den Chasper angeboten hatte. Allein beim Denken seines Namens prickelte Katis ganzer Körper und sie fühlte sich so leicht wie die fragilen Gebilde, die vom Himmel schwebten. Er musste bestimmt schon wach sein. So leise, wie es ihr möglich war, duschte sie, zog sich an und schlich aus dem Zimmer.

Schon auf dem Gang roch es nach Frühstück. Kaffee, frisches Brot, der fettige Duft von Speck. Ihr Magen knurrte. In der Kaminstube traf sie zu ihrer Überraschung auf Rebekka, die eine dampfende Tasse Tee zwischen ihren Händen hielt, als müsste die nicht brennend heiß sein, und sonst ziemlich unglücklich ins Leere starrte. Das Gespräch mit ihrer Tochter schien nicht gut gelaufen zu sein. Und auch Florian und Emma saßen bereits am Tisch und mampften. Auf der Anrichte standen Teller und Platten und Körbe mit Köstlichkeiten, blättrige Croissants, kerniges dunkles Brot und fluffiger Hefezopf, Wurst und Käse, Marmeladen, Joghurt und Müsli. Klein, aber verdammt fein.

»Magst du gern ein Ei?«, hörte sie Chasper und drehte sich rasch um, merkte, wie sie rot wurde, und bückte sich, um einen imaginären Fleck von ihrer Hose zu reiben. Nach dem Nussschnaps, erinnerte sie sich, als Martha schon keinen klaren Satz mehr artikulieren konnte, hatte er auf einmal neben ihr gesessen. Oder sie neben ihm? Auf jeden Fall hatten sich ihre Schultern berührt, wenn sie lachten, ihre Beine, wenn sie sich bequemer hinsetzten, zufällig und doch auch wieder nicht.

»Hm«, sagte sie und richtete sich wieder auf. »Vier Minuten?«

»Weiß ich nicht?«, fragte er zurück.

»Ja, ja, doch!« Sie kicherte. »Vier Minuten, bitte. Wahnsinn, der Schnee, oder?«

»Wahnsinn, ja.« Sein Blick lag ein paar Sekunden zu lang auf ihr, unergründlich. Sie glaubte, ein leises Lächeln zu erahnen, aber vielleicht bildete sie sich das nur ein. Sie glaubte, eine leise Traurigkeit zu erkennen, und hoffte, sie möge sich täuschen.

»Dann, ähm …« Ihr fehlten die Worte. Sie knautschte ihre Haartolle, die noch feucht vom Duschen war, und drehte sich von ihm weg, um ihren Teller zu nehmen und nicht noch dummer dazustehen. Wie benahm sie sich denn bitte? Schlimmer als ein verknallter Teenager. Sie war Mitte dreißig!

»Chasper, können wir nachher in die Sauna?«, fragte Florian.

Er lachte. »Natürlich, wenn ihr den Weg zur Hütte freischaufelt.«

»Wird erledigt!«, rief Florian mit der Begeisterung eines tollpatschigen Welpen, trank seinen Kaffee aus und stopfte sich bereits im Aufstehen begriffen das letzte Stück seines Brötchens in den Mund.

»Gibt ja sonst nichts zu tun«, murmelte Emma und legte ihre zerknüllte Serviette auf den Teller, etwas, das Kati gar nicht mochte. Es juckte sie in den Fingern, sie vom Teller zu nehmen, glattzustreichen und ordentlich zusammenzulegen. Aus den beiden wurde sie nicht schlau. Florian und Emma. Und dann Tania. Dieses Dreieck mit dem ungleichen Kräfteverhältnis. Sah Emma es nicht oder wollte sie es nicht sehen, dass das Gleichgewicht dabei war, zu ihren Ungunsten zu kippen? Bloß nicht einmischen, ermahnte sie sich. Sie hatte ihre eigene Baustelle.

Rebekka seufzte leise, und unauffällig schielte Kati zu ihr rüber. Sie hatte die Ellbogen auf dem Tisch abgestützt und die Tasse an ihrem Kinn; so saß sie da, als inhalierte sie den Dampf mit geschlossenen Augen, während sie mit ihren Gedanken irgendwo war, wo sie gerade lieber sein wollte als hier.

»Alles in Ordnung?«, fragte sie vorsichtshalber, aber auch hier – das war nicht ihr Problem.

Rebekka öffnete die Augen und lächelte zurückhaltend. »Aber natürlich. Nur ein bisschen müde.

Vielleicht lege ich mich einfach noch ein wenig hin. Ja«, fügte sie leise hinzu, wie zu sich selbst. »Ich ruhe mich etwas aus.«

»Gibt ja sonst nix zu tun«, witzelte Kati wie vorhin Emma, weil es stimmte, und auch, weil sie fand, dass die Frau aussah, als bräuchte sie eine Bestätigung.

»Ja«, wiederholte Rebekka. »Es gibt ja sonst nichts mehr zu tun.« Viel zu schwerfällig für ihre magere Statur erhob sie sich und ließ Kati mit Chasper allein, der mit ihrem Ei eintrat.

»Bitte schön«, sagte er. »Vier Minuten.« Beim Hinstellen des Eierbechers streiften seine Finger ihre Hand und ihr Herz machte einen viel zu großen Sprung.

Satt und zufrieden lehnte sich Kati an die Wand hinter ihr, faltete die Hände über dem Bauch und sah hinaus. Waren die Flocken vorhin noch friedlich vom Himmel geschwebt, war nun Wind aufgekommen, der ein fröhliches Durcheinander schuf, das ihr schwindlig wurde beim Zuschauen.

»Gefällt mir nicht«, brummte Chasper.

Sie hatte ihn nicht eintreten gehört. »Nein?«

»Nein. Zu viel aufs Mal. Die Straßen wurden gesperrt, der Zugverkehr eingestellt. Zum Glück habe ich genug Vorräte in der Küche, so wie es aussieht, kommt man nicht mal ins Dorf runter.«

Eingeschneit. Wie romantisch.

»An die Autos habe ich gar nicht gedacht«, gab sie zu. »Wenn es so weiterschneit, müssen wir die morgen ausbuddeln, um nach Hause fahren zu können.«

Chasper, der gerade die Glastür des Kamins öffnete, hielt inne und drehte sich zu ihr um. Die Distanz zwischen ihnen betrug bestimmt vier Meter, und doch spürte sie seine Präsenz, als stünde er direkt vor ihr und würde ihren Herzschlag eigenhändig hochdrehen.

»Ich bezweifle, dass ihr morgen werdet abreisen können.«

Kati ließ die Worte auf sich wirken. Fand sie nicht schlimm, merkte sie, gar nicht, und strich sanft mit dem Finger über die schöne Maserung des Holztisches, der zum Frühstück ohne weiße Tischdecke daherkam. Chasper hatte das Feuer zum Laufen gebracht und stellte nun das Radio an, aus dem sofort der ultimative Weihnachtsohrwurm dudelte, *Last Christmas*, und noch bevor Kati mitsummen konnte, änderte Chasper die Frequenz. Die Erinnerung an letzte Weihnachten schien ihm nicht zu gefallen. Auch das fand sie nicht schlimm, es gab schönere Lieder, und sie wollte im Hier und Jetzt sein und nicht in der Vergangenheit. Es tat ihr gut, dieses Hier und Jetzt. Genau hier zu sein.

»Morgen.« Tania tauchte auf, Blässe um die Nase und dunkle Schatten unter den Augen. »Was für ein Wetter. Habt ihr meine Mutter gesehen?« Sie sah dabei mehr zu Chasper als zu Kati, als teilten sie ein Geheimnis, und das pikste Kati ins Herz wie die Scherbe einer zerbrochenen Weihnachtskugel.

»Sie hat sich noch einmal hingelegt«, antwortete sie ihr, vielleicht ein klein wenig zu spitz. Der Wind blies die Flocken gegen die Scheibe und von der Treppe her drangen lautes Trampeln und Lachen ins Zimmer. Emma und Florian polterten herein, ausgerüstet mit dicken Jacken, Halstüchern, Mützen, sodass man gerade mal die Augen sah, und, na ja – nicht sehr dick aussehenden Handschuhen. Weniger geeignet fürs Schneeschaufeln, aber danach würden sie sich ja aufwärmen.

»Melden uns zum Dienst!«, rief Florian und salutierte. Emma kicherte in ihren Schal hinein, dann wurde sie Tania gewahr und winkte ihr fröhlich zu, während Kati ganz genau sah, wie sich Florians Haltung sofort änderte, wie er weicher wurde, wie sein Blick schnell von Emma zu Tania zu Emma zu Tania fuhr und er unter seinem Halstuch lächelte.

»Schneeschaufeln stehen im Anbau direkt neben dem Eingang hinten«, sagte Chasper belustigt. »Und was kann ich dir bringen, Tania?«

Flo und Emma machten sich davon und Kati stand auf; dieses Spektakel wollte sie sich nicht entgehen lassen. Kurz nach Chasper verließ sie das Kaminzimmer, und noch bevor der in der Küche verschwinden konnte, rief sie: »Kann ich mir kurz die Jacke hier ausleihen?«, und griff nach der roten Winterjacke, die an der Garderobe neben der Eingangstür hing.

»Nein.«

Sie drehte sich zu ihm, verwirrt über den harschen Klang seiner Stimme.

»Bitte nicht.« Jetzt klang er sanfter, entschuldigend. »Tut mir leid. Nimm meine. Die schwarze.« Er nickte bestätigend, als sie zögerlich die zweite Jacke nahm; sie war leicht feucht, er war heute also schon draußen gewesen. Natürlich versank sie darin wie in einer zu großen Umarmung.

»Passt wie angegossen«, sagte sie und grinste, bemüht, die Leichtigkeit wieder herzustellen, und er tat ihr den Gefallen und grinste zurück.

Die beiden Verrückten hatten fast vierzig Minuten gebraucht, um sich den Weg zur Saunahütte freizuschaufeln, auch wenn sie viel Zeit damit verschwendeten, sich gegenseitig in die aufgetürmten Haufen zu schubsen. Irgendwann war Tania dazugestoßen und auch Martha hatte kurz ihre verkaterte Nase in die Kälte gesteckt, aber rasch entschlossen, in der Nähe des Feuers zu bleiben. Als die Sauna dann endlich eingeheizt war, stand die nicht sichtbare Sonne bereits am Zenit, es schneite immer noch, der Wind hatte weiter zugenommen und Kati war sicher, ihre Finger nie wieder zum Leben erwecken zu können. Darauf, gemeinsam mit Florian und Emma zu schwitzen, verzichtete sie aber dennoch, und zu ihrem Erstaunen wollte sich auch Tania nicht dazugesellen.

»Zu heiß«, murmelte diese, und Kati überlegte amüsiert, worauf sie sich damit bezog; auf die

Sauna, auf Florian oder die Möglichkeit, dass Emma ihren heimlichen Blicken auf die Schliche kam. Stattdessen verschwand sie in ihrem Zimmer, und das, obwohl ihre Mutter mittlerweile wieder im Kaminzimmer saß, ganz nah am Feuer, als könnte es ihr, im Gegensatz zu ihrer Tochter, nicht heiß genug sein. Ob Traurigkeit einen innerlich abkühlte? Neben ihr döste Martha in einem der Sessel, auf dem Tischchen vor ihr ein halb volles Glas Tomatensaft – ein Gesöff, das sie nur in allergrößten Notfällen trank. Kati machte sich Vorwürfe; sie hätte ein Auge auf sie haben sollen, aber stattdessen hatten ihre Blicke nur Chasper gegolten. Sie war wirklich eine schlechte Freundin. Und eigentlich sollte sie zu ihr rübergehen, sie fragen, ob es ihr gut ging, ob sie eine Aspirin brauchte, sie umarmen. Aber, ach Martha. Dreißig Jahre, Martha. So musste es sich anfühlen, seinen Lebenspartner nach so vielen Jahren anzusehen und sich eingestehen zu müssen, dass man etwas verpasst hatte. Noch während sie unentschlossen mitten im Raum stand, öffnete Martha ihre Augen und versuchte sich an einem Lächeln. Es sah traurig aus, als wüsste sie genau, was in Kati vorging. Dann pfiff ein heftiger Windstoß durch den Kamin, ein Fensterladen wurde aus der Verankerung gerissen und schleuderte hin und her, gegen die Wand, gegen den Fensterrahmen, gegen die Wand, und dann ging das Licht aus. Auf einen Schlag verstummte das Radio und das Zimmer versank im Dämmergrau des Schneesturms.

Kati hörte Chasper an der Rezeption fluchen und irgendwohin stampfen, wo sich wahrscheinlich die Sicherungen befanden. Kurz darauf tauchte Tania auf, die sich beschwerte, dass in ihrem Zimmer der Strom ausgefallen sei.

»Kommt vielleicht ganz schnell wieder«, meinte Chasper und sah nicht aus, als würde er seiner Aussage selbst Glauben schenken. »Vielleicht bleiben wir am besten alle in diesem Raum, hier ist es am wärmsten.«

»Oder in der Sauna«, murmelte Tania, aber da fiel auch schon die Hintertür ins Schloss und Florian und Emma tauchten auf, in ihren weißen Bademänteln und den Filzpantöffelchen.

»Ist das kalt draußen«, rief Emma bibbernd. »Das Licht ging plötzlich aus!«

»Hier auch«, sagte Rebekka. »Ihr solltet schnell heiß duschen und euch anziehen.«

»Das wird nicht möglich sein; kein Strom, kein heißes Wasser«, sagte Chasper und klang etwas ratlos.

»Notstromgenerator?«, fragte Florian, aber wieder verneinte Chasper.

»Ist kaputt. Wollte ich schon lange reparieren, aber …« Die Situation war ihm richtig unangenehm, das sah Kati ihm an und war an seiner Stelle froh, als das Telefon am Empfang klingelte. Festnetz, nahm sie an, batteriebetrieben. Drüben am Kamin tuschelte Emma mit Rebekka, Martha nuckelte an ihrem Tomatensaft, Tania starrte mit gefurchter Stirn aus dem

Fenster, dessen Laden immer noch in unregelmäßigen Abständen gegen die Wand schlug. Florian schob sie sanft zur Seite, sehr sanft, öffnete das Fenster, beugte sich hinaus und zog den Laden zu. Sofort wurde es noch düsterer in dem Raum.

»Die Verankerung an der Wand ist abgerissen«, sagte er und machte pflichtbewusst zwei Schritte von Tania weg hin zu Emma, aber sein ganzes Wesen schien dabei in Schieflage zu geraten, Kopf, Herz, beides zog in unterschiedliche Richtungen.

In dem Moment kam Chasper wieder herein und klatschte zweimal in die Hände. Alle drehten sich zu ihm um. »Der Sturm hat tatsächlich eine Stromleitung beschädigt und es kann dauern, bis das repariert ist. Das Ende des Schneefalls ist erst gegen Mitternacht vorhergesagt. Ich würde also sagen, dass sich alle kurz in ihre Zimmer begeben, sich so warm wie möglich anziehen, inklusive Schuhe und Jacken, Bettdecken holen und wir uns danach hier versammeln. Hier haben wir das Kaminfeuer, in allen anderen Räumen wird es rasch ziemlich kalt werden. Keine Handys benutzen; Internet ist eh nix, aber wir sollten alle Akkus aufsparen.«

»Warum?«, unterbrach ihn Martha.

Er zuckte mit den Schultern. »Weiß nicht. Keine Ahnung, wie lange wir hier festsitzen, aber wir sind ziemlich abgeschnitten von allem …«

»Na toll«, unterbrach ihn Martha erneut. »Fantastisch. Da gibt es hier sowieso schon nichts zu tun, und jetzt können wir noch weniger machen. Ich werde mein Geld zurückverlangen.«

»Mensch, Martha«, versuchte Kati, ihre Freundin zu beruhigen. »Ist doch nicht seine Schuld, dass es so schneit.«

»Schon klar, dass du ihn verteidigst«, zischte Martha ihr zu, drängte sich an ihr vorbei und ging nach oben.

Sie hatte gewartet, bis Martha mit ihrer Bettdecke wieder herunterkam, um sich ebenfalls mit warmer Kleidung einzudecken. Keine Lust auf Streitereien. Sie war eine schlechte Freundin? Ja. Aber Martha benahm sich auch nicht vorbildlich, sondern geradezu eifersüchtig.

Mittlerweile hatte jeder einen Platz bezogen, in den Sesseln am Kamin, am Boden davor, am Esstisch, und Chasper hatte einen Topf an den Rand des Feuers gestellt, in dem er Wasser erhitzte, das er danach in den Samowar gießen wollte, und eine kalte Platte, Brot und eine große Schüssel Salat hergerichtet.

»Kennt jemand einen Staat in Zentralafrika? Hört mit N auf«, fragte Rebekka in die Runde. »Fünf Buchstaben.«

»Libyen«, sagte Florian. »Ach nein, das sind sechs.«

»Und liegt nicht in Zentralafrika«, korrigierte ihn Emma liebevoll. »Gabun.«

»Danke.«

Dann wieder Schweigen. Das Feuer prasselte, der Wind pfiff, Tania spielte ein Spiel auf dem Handy, trotz Chaspers Bitte, die Akkus zu schonen. Florian tappte mit dem Fuß zu einer Melodie, die nur er hörte, auf den Boden. Jedes Mal, wenn Chasper die Glastür des Kamins öffnete, drang ein Schwall Rauch herein, und trotz der Kälte, die draußen herrschte, verspürte Kati das Bedürfnis, das Fenster aufzureißen. Es war stickig im Raum, und nicht nur wegen des Qualms.

»Eine Zierpflanze mit …« Rebekka zählte halblaut Kästchen. »Mit neun Buchstaben, da ist ein Y in der Mitte. Ich hab doch keinen grünen Daumen.« Sie lachte, es klang gekünstelt und keiner stieg darauf ein. Martha blies laut die Luft aus.

»Forsythie«, sagte Chasper, und kaum hörbar: »Die mochte meine Frau so gern.« Er sah dabei auf den Boden. Was hatte er gesagt? Das Holz des Hauses stöhnte unter der Wucht des Windes und dem Gewicht des Schnees, und in Katis Ohr setzte ein lautes Fiepen ein. Hatte sie sein Lächeln, seine Nähe, seine Blicke falsch gedeutet? Er trug keinen Ring?

»Ich will nach Hause«, maulte Emma. »Das war eine Scheißidee von dir, Flo.«

»Ach, sei doch ruhig«, fuhr er sie an. »Ich kann mir halt kein Fünfsterne-Luxusresort leisten.«

»Können vielleicht schon, zahlst ja keine Miete. Willst du auch nicht.«

»Fängst du schon wieder damit an?«

Alle im Raum schienen peinlich darauf bedacht, so zu tun, als würden sie nicht lauschen, merkte Kati und spielte mit ihren Haaren, um sich abzulenken. Von dem Streit, von Chasper, von Martha, kehrte ihr Äußeres nach innen, um Ruhe zu suchen. Ruhe, Ruhehotel, Ruhehotel Onna. Onna, war das seine Frau? Gewesen? Er hatte von ihr in der Vergangenheit gesprochen. Geschieden? Getrennt? Ge…?

»Was ist denn EDV acht Bit, was heißt das überhaupt?«, fragte Rebekka und riss Kati aus ihren Gedanken.

»Acht Bit sind ein Byte, Mama, B-Y-T-E. Sonst noch Fragen?«, herrschte Tania ihre Mutter an.

»Lass sie doch. Oder soll sie etwa googeln? Ohne Netz?«, verteidigte Emma Rebekka schnippisch. Martha schnaubte, Florian stieß seine Freundin mahnend in die Seite, Tania entschuldigte sich tatsächlich und Kati stand auf und ging aus dem Zimmer, zum Eingang, riss die Tür auf und trat hinaus.

Die Kälte raubte ihr fast den Atem. An der Wand hing ein Außenthermometer, sie wischte den Schnee weg, den der Wind drangeblasen hatte. Minus achtzehn Grad, entzifferte sie. Es dunkelte schon langsam. Die Schneeflocken brannten auf ihrem Gesicht.

»Bist du verrückt?«

Chasper packte sie am Arm. Sie stolperte gegen seine Brust, und es war auf einmal nicht mehr die Kälte, die es Kati schier unmöglich machte, Luft zu holen, sondern ihr rasendes Herz. Reglos, sprachlos standen sie da, wahrscheinlich nur ein paar Sekunden, und dennoch nahm Kati den Geruch nach Kaminfeuerrauch wahr, der in seinem Pulli hing, und etwas anderes, das sie nicht identifizieren konnte, das sie aber dazu veranlasste, langsam ihren Kopf zu heben. Als sie Chasper ins Gesicht sah, traf sie der Blick aus seinen gletscherblauen Augen direkt in ihr Innerstes und sie öffnete leicht die Lippen. Dann räusperte er sich und trat einen Schritt zurück.

»Es ist gefährlich bei dem Wetter und den Temperaturen«, sagte er ruhig, nahm ihre Hand. Kati zitterte und glaubte, gleich zu explodieren oder ohnmächtig zu werden.

»Drinnen …« Sie räusperte sich. »Drinnen herrscht dicke Luft.«

Er nickte. »Tut mir leid.«

Sie war nicht sicher, wofür er sich entschuldigte. Aber beim Passieren der Garderobe blieb ihr Blick an der roten Jacke hängen. Gehörte sie seiner Frau? Durfte sie ihn fragen? Sollte sie? Aber da ließ er ihre Hand wieder los und der Moment war vorbei.

Martha sprang von ihrem Sessel auf, als sie das Kaminzimmer betraten. »Geht es dir gut?«, fragte sie und klang besorgt. Kati nickte und warf ihr einen Luftkuss zu.

»Wir sind alle gereizt«, sagte Chasper. »Die Situation ist unangenehm, aber wir sollten das Beste daraus machen, statt zu streiten, was meint ihr?« Ohne eine Antwort abzuwarten, ging er zum Adventskranz, der auf dem Tisch vor dem Kamin stand, und zündete nicht nur zwei Kerzen an, sondern gleich alle vier.

Es fehlten eh nur noch acht Tage bis Weihnachten, was spielte es für eine Rolle, dachte Kati und fragte: »Hast du noch mehr Kerzen? Machen wir es uns richtig gemütlich und vergessen das Wetter. Lagerfeuerromantik.«

Emma klatschte in die Hände. »Ja! Und wir könnten Marshmallow grillen!« Chasper machte ein betretenes Gesicht. »Dann eben nicht. Hast du Spiele? Mensch-ärgere-dich-nicht, UNO, Monopoly?«

Chasper öffnete die Tür der Anrichte. »Ich habe Romane, die Gäste zurückgelassen haben. Einen Vogel- und einen Pflanzenführer. Jasskarten. Ein elektronisches Vier-gewinnt-Spiel, das jemand vergessen hat.«

»Ich habe eine bessere Idee!«, rief Florian.

KAPITEL 17

16. Dezember

Florian

»Wir machen es uns alle auf dem Boden gemütlich wie früher bei den Übernachtungspartys und spielen Flaschendrehen.«

Tania gluckste. »Du spinnst doch.«

»Gar nicht«, gab er zurück. »Ganz normale Fragen halt.«

Martha verzog skeptisch das Gesicht. »Weiß nicht. Klingt langweilig.«

»Wir müssen die Flasche ja erst austrinken«, sagte Emma und lächelte unschuldig, obwohl sie mit Sicherheit auf Marthas nicht existente Trinkfestigkeit anspielte. Wäre es heller im Raum, würde man wahrscheinlich erkennen, wie diese rot anlief.

»Es ist zu dunkel, um zu lesen oder Kreuzworträtsel zu lösen. Es ist erst fünf, sollen wir schon schlafen?«

Erst fünf, dass er nicht lachte! Die Zeit verging so langsam, als würden die in jeder Stunde enthaltenen Minuten den Weg durch den Schneesturm nicht finden. Trotz des Feuers kroch die Kälte aus dem restlichen Bereich des Chalets immer näher und mit ihr die Dunkelheit; beides behagte Florian nicht sonderlich. Hoffentlich hatte Chasper genug Holz gelagert!

Er blickte von Emma zu Tania und ganz schnell weiter zu Kati, fragend, dann zu Rebekka, die mit den Schultern zuckte, ließ Martha aus und nickte Chasper zu.

»Egal«, sagte der. »Hauptsache, eine Beschäftigung. Hilf du mir kurz in der Küche, um etwas zu essen vorzubereiten, und dann setzen wir uns alle in den Kreis und vertrauen der Flasche unsere wildesten Geheimnisse an.«

Florian bemerkte Katis entsetzten Blick.

»Wie alt wir sind, zum Beispiel«, fuhr Chasper fort.

Ihre Bäuche waren mehr oder weniger gefüllt, das Feuer mit Holzscheiten und Hobelspänen versorgt, eine ausgespülte Weinflasche lag in der Mitte ihres Kreises. Alle hatten sich in ihre Bettdecke gehüllt; sie sahen aus wie die Tafelrunde der Leintuchgespenster, dachte Florian und stopfte sich einen Zimtstern in den Mund. Davon gab es zum Glück genug.

»Wer beginnt?«, fragte Tania. Sie saß ihm gegenüber. Das warme Licht der Flammen färbte ihre Blässe rosig und retuschierte die Schatten unter den Augen, und er erwischte sich dabei, wie er sich vorstellte, seine Hand unter ihre Bettdecke zu schieben und nach ihrer Hand zu tasten. Es fiel ihm schwer, zu schlucken, und er rutschte ein wenig näher zu Emma. Die Worte seiner Mutter dröhnten ihm plötzlich durch den Kopf. *Verscherz es dir bloß nicht mit Emma.*

»Große Begeisterung«, sagte Tania lapidar. »Dann fang ich halt an.« Sie drehte die Flasche, der Hals zeigte auf Chasper. »Na wunderbar, dann möchte ich dieses wilde Geheimnis lüften: Wie alt bist du?«

»Jetzt kommt es also ans Tageslicht«, blödelte Chasper, sichtlich bemüht, die Stimmung aufzulockern. »Ich bin dreiunddreißig. Jetzt wisst ihr's.«

»Knackig für dein Alter«, witzelte Emma und Florian drehte sich gespielt empört zu ihr um, aber sie gab ihm einen Kuss. »Du musst jetzt die Flasche drehen«, wies sie Chasper an.

Der nickte und drehte. »Martha. Was arbeitest du?«

Martha schnaubte. »Ich arbeite im Reisebüro, und dein Hotel werde ich bestimmt nicht weiterempfehlen. Emma, Lieblingsfarbe?«

»War mal weiß, aber davon habe ich jetzt genug gesehen.«

Alle lachten, nur Kati meinte: »Ich finde es wunderschön.« Chasper strahlte, als hätte sie ihm ein persönliches Kompliment gemacht.

Emma drehte die Flasche. »Rebekka. Welches ist dein liebstes Weihnachtslied?«

Florian sah, wie Rebekkas Blick auf Tania ruhte, die erst explizit den Kopf zur Seite drehte, um dem Kontakt zu entkommen, aber nach ein paar Sekunden den Widerstand aufgab und ihre Mutter ansah. Bislang hatte er nicht den Eindruck gehabt, dass ihr gestriges Gespräch für Entspannung gesorgt hätte, aber nun erkannte er auf Tanias Gesicht einen versöhnlichen Ausdruck. Mit Weihnachten schienen beide schöne gemeinsame Erinnerungen zu verbinden.

»Leise rieselt der Schnee«, sagte sie schließlich leise und Tania nickte versonnen. Emma begann, die Melodie zu summen, während Rebekka sich eine weitere Frage für Chasper ausdachte.

»Wie lange betreibst du das Hotel schon?«

»Wir haben es vor vier Jahren gekauft«, antwortete er, und dann verschloss sich sein Gesicht urplötzlich, als hätte er etwas Falsches gesagt. Rasch drehte er die Flasche. »Florian.«

Und so ging die Runde weiter, eine lebensverändernde Frage nach der anderen, Lieblingsessen, Lieblingsfilm, Lieblingsschauspieler und Lieblingsjahreszeit. Martha gähnte, Rebekka schien keine bequeme Position zu finden, Emma musste die Flasche dreimal drehen, weil sie jedes Mal auf sich selbst zeigte.

»Kati«, sagte sie, als sie endlich geschafft hatte, ein anderes Opfer zu finden. Die spielte mit ihrer Haartolle, und Florian war fast sicher, dass sie dabei Martha beobachtete, die selbstvergessen ihren Ehering drehte. »Kati?«

Jetzt schreckte sie hoch. »Was?«

»Hast du schon einmal ...« Emma tippte sich mit

dem Finger gegen die Unterlippe, während sie sich wohl etwas ganz Außergewöhnliches einfallen lassen wollte. »... eine Frau geküsst?«

Tania applaudierte. Die Fragen hatten ein neues Level erreicht.

Kati lehnte sich nach vorn und sah Emma verschwörerisch an. »Natürlich. Du etwa nicht?«

Florian konnte nicht erkennen, ob sie das ernst meinte oder spaßte, aber Emma neben ihm kicherte leise. »Hast du etwa?«, fragte er ungläubig und fühlte sich peinlicherweise wie ein Fünfzehnjähriger, der nach einem feuchten Traum aufwachte.

»Psssst«, sagte sie nur und zwinkerte ihm zu. »Kati dreht.«

Er würde später auf das Thema zurückkommen.

Der Flaschenhals zeigte auf Chasper. Kati kniff die Augen leicht zusammen, räusperte sich. Setzte zum Sprechen an und schloss den Mund wieder, öffnete ihn wieder. »Erklärst du uns, was mit deiner Frau passiert ist?«

Chaspers erwartungsvolles Lächeln erlosch.

Die Atmosphäre im Raum rutschte von einer Sekunde auf die nächste wie auf glattem Eis von heiter zu angespannt.

»Tut mir leid«, flüsterte Kati.

»Ich fasse es nicht«, sagte Martha. »Was geht dich das an?«

»Ich wollte nicht ...«

Chasper setzte sich gerade hin und schälte sich aus

der Bettdecke, als wäre ihm zu warm. »Ist schon gut«, sagte er und schüttelte gleichzeitig den Kopf. »Ich habe meine Frau beim Kreuzworträtseln erwähnt, die Frage ist berechtigt. Sie hieß Onna, das ist Rätoromanisch für Anna.«

Alle drehten unisono den Kopf in Richtung Fenster, über dem an der Außenwand das Schild mit dem Hotelnamen hing. Das sie natürlich von hier aus nicht sehen konnten.

»Sie ist gestorben. Letztes Jahr. Kurz vor Weihnachten. Sie ist ... Sie wollte die Rehe füttern gehen, wir haben die Aufgabe vom Förster übernommen, er bringt uns einmal die Woche das Heu hoch, wir lagern es hinten im ... Egal. Sie hat die Rehe geliebt.« Gedankenverloren starrte er in die Flammen des Feuers. Niemand unterbrach ihn dabei. Dann straffte er die Schultern und atmete tief ein und wieder aus. »Es war eisig kalt und sie kam einfach nicht zurück. Als ich nachgeschaut habe, war es bereits zu spät. Ein Hirnaneurysma ist geplatzt. Vielleicht, wenn ich früher reagiert hätte. Früher nach ihr gesehen hätte. Sie hat, bevor sie rausging, noch über heftige Kopfschmerzen geklagt, aber wie hätte ich auch wissen können ...« Er seufzte gequält.

»Das tut mir sehr leid«, sagte Kati leise.

Rebekka hatte Tränen in den Augen.

»Das Reh. Du hast das Reh gegrüßt in der Nacht«, murmelte Tania und Chasper nickte.

»Ja. Sie sind meine Verbindung zu ihr.«

»Wie lange dauert es, bis man über den schlimmsten Schmerz hinweg ist?« Was für eine seltsame Frage von Rebekka, dachte Florian, aber Chasper nickte wieder, auch wenn Florian merkte, dass es ihm nicht gefiel, so im Scheinwerferlicht, respektive im Kerzenlicht zu sitzen.

»Ich vermisse sie immer noch, wenn du das meinst. Wir hatten eine ganze Zukunft vor uns. Aber das Leben geht weiter, und ich weiß, dass ich loslassen muss. Der Moment hat sich mir nur noch nicht offenbart.« Er lächelte verlegen. »Aber ich wollte die Stimmung nicht runterziehen. Lasst uns weitermachen, die Nacht ist noch jung!«

Niemand schien sonderlich motiviert. Ein Blick zum Fenster bestätigte Florian, dass es immer noch schneite, ein Blick auf die Uhr, dass es erst sechs war. Vielleicht sollte er versuchen, zu schlafen, damit die Langeweile schneller vorüberging. Martha knackte Erdnüsse. Emma griff nach der Flasche.

»Ernsthaft?«, fragte er sie. Aber sie ließ sie nicht schwungvoll rotieren, sondern drehte sie ganz bewusst so, dass der Hals auf ihn zeigte. Sein Puls stolperte über die Vorahnung.

»Flo. Liebst du mich noch?«

Er krallte die Finger in die Decke, als könnte er sich so davon abhalten, aber dennoch schoss sein Blick zu Tania, bevor er sich zu Emma umdrehte. »Na… natürlich. Wir wollen doch zusammenziehen?«

»Wollen *wir* das wirklich?«

Ihr passt so gut zusammen, flüsterte seine Mutter ihm ins Ohr, *Emma ist ein Schätzchen.* »Ja, wir wollen das«, sagte er mit fester Stimme, legte seinen Arm um sie, bis sie ihren Kopf an seine Schulter legte und er ihr einen Kuss auf den Scheitel drücken konnte.

»Ein Hoch auf die Liebe«, jubelte Martha spöttisch, nahm dann die Flasche und richtete sie auf Kati. Die schien regelrecht in ihre Decke hinein zu schrumpfen. »Dann lass uns zwei doch mal Klartext reden. Warum gehst du mir seit dem Sommer aus dem Weg, hm? Keine Zeit, keine Zeit, kann nicht, Arbeit, Deadlines, früher konnte uns das nie davon abhalten, uns zu treffen. Ich bin doch nicht blöd, irgendwas stimmt nicht. Rück raus mit der Sprache!«

Kati schüttelte den Kopf. »Martha, das muss doch nicht jetzt sein.«

»Jetzt scheint mir der perfekte Moment. Wir haben nichts anderes zu tun.«

Sie spürte Chaspers aufmunternden Blick auf ihr; wird schon nicht so schlimm sein, schien er zu sagen. Aber ach, wenn er wüsste. Ihr war schlecht, die Worte rumorten sauer in ihrem Magen und sie presste die Lippen zusammen. Aber ihr Körper schien die Wahrheit nicht mehr bei sich behalten zu wollen.

»Ich habe mit deinem Mann geschlafen.«

KAPITEL 18

16. Dezember

Kati

Sechs Wörter. Ausgesprochen fühlten sie sich noch schmutziger an. Sie wollte in den Schnee eintauchen, um sich reinzuwaschen, und am besten gar nicht wieder auftauchen, um die Missbilligung in den Gesichtern der anderen nicht sehen zu müssen. Sie blendete alles um sich herum aus, konzentrierte sich auf das Entsetzen und die Enttäuschung Marthas.

»Es tut mir …«

»Du hast was?« Marthas Stimme klang piepsig, sie umklammerte ihre Knie; was blieb ihr auch anderes übrig, als an sich selbst Halt zu suchen, hatte Kati ihr doch den Boden unter den Füßen weggezogen.

»Ich habe …«

»Aber du magst Benni nicht einmal besonders?« Sie begann, vor und zurück zu schaukeln, erst langsam, dann immer hektischer. Tania legte ihr die Hand auf den Rücken, um sie daran zu hindern, um sie zu beruhigen, aber Martha schüttelte sie ab.

»Wann?«, fragte sie.

»Ist das wirklich wi…«

»Wann?!«, schrie Martha. Kati zuckte zusammen, Rebekka zuckte zusammen und Tania rutschte ein Stück von ihrer Sitznachbarin weg.

Der Riss war da, spielte es eine Rolle, ob er größer wurde? »An deiner Geburtstagsparty. Du warst völlig weggetreten. Er hatte ein Glas zu viel, ich auch, wir haben uns unterhalten, gelacht, und irgendwann … Ich weiß gar nicht, wie das passieren konnte. Es war keine Absicht, Martha.«

»Keine Absicht? Dreißig Jahre Freundschaft, beste Freundinnen, wie kannst du nur? Du bist neben Benni der wichtigste Mensch für mich, aber so bist du eben, wenn ein Mann auftaucht, vergisst du alles andere, du Schlampe!«, kreischte sie. »Sich jedem an den Hals werfen, aber keine Beziehung eingehen wollen, immer nur auf Spaß aus, ohne Rücksicht auf Verluste, schau dich doch an, statt mit mir Zeit zu verbringen, flirtest du mit Chasper, pass bloß auf, Junge, nimm dich vor ihr in Acht!«

»Das ist …« Sie rang nach Worten und fand sie nicht. So dachte Martha also von ihr? Und wo sie nun einmal im Begriff war, mehr für einen Mann zu empfinden als eben diesen puren Spaß, machte sie es ihr kaputt? Sie schielte zu Chasper. Der starrte teilnahmslos auf seine Hände. Das Haus ächzte. Der Wind heulte. Die Wut in Kati fraß sich langsam durch das Mitleid und das schlechte Gewissen. Sie könnte die alleinige Schuld auf sich nehmen oder sie könnte Martha die ganze Wahrheit sagen.

»Vielleicht solltest du dich fragen, wie es sein kann, dass dein Mann zugelassen hat, dass ich mich an seinen Hals geworfen habe, wie du so schön gesagt hast«, sagte sie so ruhig wie möglich. »Da gehören nämlich zwei dazu, und er war alles andere als abgeneigt, das kann ich dir sagen.«

»Muss das sein?«, warf Rebekka leise ein.

»Ja, es muss, damit sie aufwacht! Du bist ein Klammeraffe, Martha, das warst du schon immer. Wer einmal in deine Fänge gerät, kommt nur mit Gewalt wieder los. Mir hat das nie etwas ausgemacht, ich brauche nicht viele Freunde. Aber Benni, den hast du damit erstickt. Der hat sich seinen Freiraum gesucht und ihn darin gefunden, mit anderen Frauen zu schlafen.«

»Das … ist … nicht … wahr«, wisperte Martha, und selbst im spärlichen Licht des Feuers und der Kerzen konnte Kati erkennen, wie sie erblasste. Es schmerzte sie, ihre Freundin so zu sehen, denn das war sie doch immer noch, ihre Freundin, die sie verletzt hatte.

»Er liebt mich«, presste Martha hinterher, stand umständlich auf und wankte in ihre Bettdecke gehüllt aus dem Kreis, weg vom Feuer, hinter den Esstisch, wo sie sich neben dem Weihnachtsbaum auf den Boden kauerte und weinte. Kati wollte zu ihr gehen, aber Tania hielt sie zurück und schüttelte den

Kopf. Sie las Mitleid in ihrem Blick, und etwas, das ihr sagte, das auch Tania einmal am einen oder anderen Ende einer ähnlichen Situation gestanden hatte.

»Hättest du mal nicht mit diesem dämlichen Spiel angefangen«, warf Emma rechts neben Kati Florian vor und griff nach der Flasche, aber bevor sie sie wegstellen konnte, nahm Tania sie ihr aus der Hand.

»Ich habe noch eine letzte Frage. Mama.« Sie legte die Flasche so hin, dass der Hals zu Rebekka zeigte. Die nickte, als hätte sie nur darauf gewartet. »Warum hast du mich wirklich hierher eingeladen? Gestern im Zimmer, da wolltest du mir noch etwas sagen. Was?«

Chasper stand ganz vorsichtig auf, als wollte er unsichtbar bleiben und Rebekka von ihrer Antwort nicht abhalten, ging zum Kamin und legte Holzscheite nach. Es wurde sofort heller, als die Flammen gierig daran leckten.

Rebekka räusperte sich, dann sagte sie: »Ich wollte Frieden schließen mit dir. Wir haben ein Jahr verloren, in dem du wütend auf mich warst und ich dir den Raum geben wollte, auf mich wütend zu sein und vielleicht selbst zu verstehen, dass ich nie die Absicht hatte, dir etwas wegzunehmen, sondern dir helfen wollte. Weil ich dachte, als Mutter nicht blind vor Liebe zu sein wie du, die du nicht sehen konntest, dass Simon nur mit dir spielte. Aber ich habe erkannt, dass ich falsch gehandelt habe. Denn vor lauter Liebe zu dir war ich genauso blind und wollte dich um jeden Preis vor dem Schmerz schützen, der früher oder später gekommen wäre. Ich hätte nicht eingreifen dürfen. Es tut mir leid.«

Kati verstand kein Wort, aber Tania nickte. »Danke. Es war wahrscheinlich trotzdem richtig, was du getan hast, irgendwie. Aber das hast du mir gestern schon gesagt. Was also ist da noch?«

»Es ist schwierig ...« Rebekkas Stimme zitterte.

Alarmiert setzte Tania sich aufrecht hin. »Was, Mama?«

»Weihnachten. Wir haben immer gemeinsam gefeiert, du und ich. Haben *Leise rieselt der Schnee* in Dauerschleife gehört, echte Kerzen am Baum angezündet und dabei immer einen Eimer voller Wasser hinter der Tür stehen gehabt. Aber Lichterketten, die kommen nicht an diese besinnliche Stimmung heran, nicht wahr? Zwei kleine Geschenke, das war unsere Abmachung; es ging uns um die Zeit, die wir zusammen verbrachten. Die gemeinsame Zeit ... Unsere Zeit, war sie nicht schön, Tania?« Gedankenverloren nickte sie, während Kati auf Tanias Gesicht einen Ausdruck bemerkte, eine Ahnung, die ihr die Härchen auf den Armen aufstellte. »Letztes Jahr war furchtbar ohne dich. Ich habe mich nicht getraut, dich anzurufen, dich zu fragen, ob du kommst, aus Angst vor deinem Nein, und ich habe geweint. Aber dieses Jahr möchte ich wieder Buchstabensuppe essen und kleine Gedichte aus den Nudeln formen. Ich möchte den Baum mit den kleinen Engeln schmücken, die du als Kind aus Papier ausgeschnitten hast. Ich möchte mit dir auf der Couch sitzen, den Kerzen beim Tropfen zusehen, mich mit Lebkuchen vollstopfen und in Erinnerungen schwelgen. Lachen, ja, lachen ...«

»Mama«, flüsterte Tania.

»Dieses Weihnachtsfest, Liebes ... Es wird mein letztes sein. Ich habe Bauchspeicheldrüsenkrebs, Tania. Nicht operabel, streuend. Mir bleiben noch ein paar Monate. Ein halbes Jahr. Mehr wahrscheinlich nicht.«

»Nein.«

Das Wort wurde sofort von der Stille im Raum geschluckt, selbst das Feuer schien die Luft anzuhalten, die Flammen der Kerzen standen, ohne zu flackern. Kati wollte, sie könnte Tania neben ihr umarmen, festhalten, aber sie fühlte sich außerstande, sich zu bewegen.

Irgendwo hinter ihr schluchzte Martha noch lauter und zerbrach den Moment. Tania strampelte sich aus der Bettdecke, richtete sich auf, verheddere sich und stolperte, und dann verließ sie wie in Trance das Zimmer.

»O Gott, Rebekka«, sagte Emma, und Chasper sagte fast gleichzeitig: »Das tut mir so leid.«

Kati presste sich die Faust an den Mund, biss darauf, aber der Schmerz konnte die Tränen nicht davon abhalten, zu fließen. »Soll ich nach ihr sehen?«, presste sie hervor.

Rebekka schüttelte den Kopf und lächelte mit Tränen in den Augen. »Sie wird etwas Zeit brauchen.«

»Können wir dir irgendwie helfen?«, fragte Chasper.

»Nein«, sagte sie. »Alles, was ich brauche, ist die Liebe meiner Tochter. Sie wird gleich wiederkommen.«

Sie warteten schweigend. Nicht nur Kati war anscheinend mittlerweile jegliche Lust an Spielen, harmlosen und pikanten Fragen vergangen. Emma kuschelte sich an Florian, der ihr zwar gleichmäßig, aber mechanisch durch die langen Haare fuhr und dabei die Tür im Auge behielt. Chasper war vom Boden in einen Sessel gewechselt und tappte lautlos mit dem Zeigefinger auf die Lehne. Martha saß immer noch abseits; Kati war dann doch aufgestanden und zu ihr hingegangen, sie mussten reden, über vieles, aber Martha hatte den Kopf geschüttelt. Zu früh, zu frisch die Wunde; auch wenn es Kati schmerzte, sie sich rechtfertigen wollte, entschuldigen, wusste sie doch, dass sie hier nichts zu bestimmen hatte. Es war geschehen und ihre Freundschaft wäre nie wieder dieselbe. Was sie erst gestern gespürt hatte, hatte sich bewahrheitet: Der Weg war zu eng geworden, um ihn weiterhin gemeinsam zu gehen. Unwillkürlich brannten ihre Augen, und bevor sie reagieren konnte, nabelte sich eine Träne ab und lief ihr über die Wange. Sie sah zu Rebekka, die neben dem Kamin reglos in ihre Decke gewickelt auf dem Boden kauerte wie ein Häufchen Schnee, das darauf wartete, von der Wärme aufgelöst zu werden und zu verdunsten. Zu verschwinden. Was blieb, wenn man ging? Sie wirkte so gefasst, als hätte sie mit ihrem Schicksal schon lange Frieden geschlossen. Das Einzige, was sie nun noch brauchte, war, Frieden mit Tania zu finden, um ihre gemeinsame Zeit abzuschließen. Das Leben war ein Kreis aus vielen Kreisen, dachte Kati; jede Begegnung öffnete einen neuen, und bevor nicht alles gesagt und getan wurde, würde er sich nicht schließen. Und es waren diese offenen Kreise, die einen nachts nicht schlafen ließen, die einen nach Antworten suchen ließen und nach Vergebung, einer letzten Umarmung, einem letzten Gespräch. Einem letzten gemeinsamen Weihnachtsfest. Auch Chasper hatte noch einen unvollendeten Kreis, dachte sie und beobachtete ihn verstohlen. Müde sah er aus, die Augen halb geschlossen, aber den Blick dennoch zum Fenster gerichtet, als würde er Schneeflocken zählen. Oder auf seine Frau warten, die nur kurz die Rehe füttern gehen wollte. Es zog an ihrem Herzen, viel zu süß dafür, dass sie soeben erfahren hatte, dass diese Frau nie wieder in die Wärme dieses Zimmers getreten

war. Die Liebe hielt sich nicht an geeignete Zeit-
punkte; sie kam, wann sie es für nötig hielt, und
blieb, wenn zwei Herzen bereit waren, aufeinander
zuzugehen. War seins bereit?

Der Gedanke löste eine Hitzewelle in ihr aus. Sie
schälte sich aus der Decke und aus ihrer Jacke und
fächelte sich verstohlen Luft zu.

»Sollen wir nicht nach Tania schauen?«, fragte
Florian in die Stille hinein, was Emma dazu veranlasste, sich von ihm zu lösen, und Kati glaubte regelrecht zu spüren, wie sich die Eifersucht rot durch
ihre Brust brannte. Emma wusste sehr wohl, dass er
vorhin gelogen hatte bei ihrer Frage, ob er sie noch
liebte. Aber sie presste die Lippen zusammen, wohl
wissend, dass dies nicht der richtige Moment für
eine weitere Szene war.

Rebekka fuhr mit dem Finger durch die Flamme
einer der Adventskerzen. Morgen in einer Woche
war Weihnachten. Dann stand sie auf, streckte sich
kurz, zog die dicke Kerze aus ihrer Halterung und
ging nach oben. Kati sah auf ihre Uhr. Kurz vor acht.
Es war stockfinster draußen und der Schnee fiel heftig. Wie lange würde es dauern, bis die Straßen wieder
frei wären, damit sie nach Hause fahren konnten?
Lange, hoffte sie.

»Sie macht nicht auf und antwortet nicht.« Rebekka
stand in der Tür, nun doch sichtlich besorgt. »Hast
du einen zweiten Schlüssel, Chasper?«

Er sprang auf, ging mit langen Schritten zur Rezeption, nahm einen Schlüsselbund, schaltete die Taschenlampe seines Handys ein und lief, zwei Stufen auf einmal nehmend, nach oben. Kati folgte ihm, blieb aber in der Tür zum Eingangsbereich stehen. Hinter ihr drängelte sich Florian. Es war um einiges kälter hier – vorn Winter, hinten Wärme. Sie hörte Chasper oben nach Tania rufen, hörte die wachsende Angst in Rebekkas Stimme, spürte Florians Anspannung in ihrem Rücken.

»Flo?«, rief Emma.

Da kam Chasper die Treppe wieder runtergepoltert. »Sie ist in keinem Zimmer.«

Florian drängte sich an Kati vorbei, aktivierte ebenfalls die Taschenlampe und öffnete die Tür neben der Rezeption, die in die Küche führte, wo er vorhin Chasper bei der Zubereitung des kalten Abendessens geholfen hatte.

»Tania?«, rief nun auch er. »Tania, verdammt, das ist nicht lustig!«

Chasper stand auf der untersten Stufe der Treppe, ging in seinem Kopf wahrscheinlich alle Möglichkeiten durch, und dann sah Kati, wie er ganz langsam den Kopf drehte, in Richtung der Hintertür, die zur Saunahütte führte. Sie würde doch nicht …? Noch bevor er sich in Bewegung setzte, rannte sie zur Tür, öffnete sie, richtete ihre Taschenlampe in den Schnee –

»Da sind Fußspuren!«

»Sie ist draußen? Bei der Kälte?«, fragte Rebekka mit Panik im Gesicht, wohingegen sie vorhin angesichts ihres eigenen Endes so gefasst gewirkt hatte. War das Mutterliebe? Wenn dir das Leben deines Kindes wichtiger war als dein eigenes? Kati wollte ihr Trost schenken, aber da schob sich Martha an Florian vorbei zu ihnen, nahm Rebekka die Kerze aus der Hand, stellte sie auf den Boden und umarmte die Frau.

»Chasper?«, fragte Kati. Er stand immer noch wie versteinert auf der Treppe, das Telefon mit der Taschenlampe in der Hand beleuchtete hilflos die Wand. Der eisige Wind blies Schneeflocken in den Gang wie farbloses Konfetti einer längst vergangenen Feier. Ohne Jacke zitterte Kati bereits nach wenigen Sekunden.

»Chasper?«, fragte sie noch einmal, dringender.

Er schreckte hoch. »Ich ... ich muss sie suchen«, stammelte er. »Bevor ... Es ist ... kalt. Viel zu kalt. Dieses Mal darf ich nicht zu spät kommen.«

Es war der Kreis, dachte Kati und wurde wieder von einer Gänsehaut überrollt. Der Kreis, den er schließen musste. Sie zögerte, aber dann sagte sie bestimmt: »Ich komme mit. Ich muss nur, meine Jacke ...«

Endlich kam Bewegung in Chasper und er hechtete zur Garderobe, riss die rote Jacke vom Haken und warf sie ihr zu.

»Das ist Onnas Jacke«, sagte Kati.

159

Er packte sie an beiden Oberarmen, Verzweiflung im Gesicht. »Was Martha gesagt hat, ist es wahr? Ist das nur ein Flirt, ein Spiel?«

Sie schüttelte den Kopf, sagte: »Nein«, und noch einmal: »Nein, Chasper. Kein Spiel.«

»Dann braucht Onna die Jacke nicht mehr.«

KAPITEL 19

16. Dezember

Florian

Die Tür fiel hinter Kati und Chasper ins Schloss und sofort kehrte eine relative Stille ein, das Fauchen des Windes nur noch ein Flüstern.

»Flo?«, hörte er Emma erneut rufen und drehte sich um. Sie stand in der Tür zum Kaminzimmer, ein Schatten vor dem warmen Schimmer des Feuers. »Komm, Flo«, bat sie.

Er machte einen Schritt in ihre Richtung. Dann schüttelte er langsam den Kopf. »Ich muss Tania suchen.«

»Das musst du nicht.« Er hörte das Flehen in ihrer Stimme. »Bleib bei mir.«

Er fühlte an sich gerissen, obwohl er völlig allein stand, die Worte seiner Mutter im Kopf. Aber es war an der Zeit, seinem Herzen zu folgen. »Es tut mir leid, Emma, wirklich.« Mit einem Ruck zog er den Reißverschluss seiner Jacke zu und wollte Kati und Chasper folgen.

»Lass, Florian«, sagte da Rebekka sanft, die an Martha gelehnt in der Dunkelheit stand. »Es reicht, wenn zwei sich in Gefahr begeben. Wenn jemand Tania finden kann, dann Chasper. Du kennst dich hier nicht aus.« Dann wurde sie wieder von einem Weinkrampf geschüttelt.

»Sie hat recht«, bekräftigte Martha. »Wir sollten alle wieder in die Wärme gehen.« Sie schob Rebekka Emma in die Arme.

»Aber ...«

»Lass gut sein«, herrschte Martha ihn mit einer Dominanz an, die ihm bislang nicht an ihr aufgefallen war. »Mach dich hier nützlich. Chasper hat irgendwann telefoniert, such das Telefon, such eine Nummer, ruf an, wenn es noch Batterie hat, um zu informieren, dass wir einen Notfall haben. Du könntest Wasser erhitzen, für mehr Tee. Tust du das, Florian, bitte? Du kennst dich in der Küche aus. Sie werden furchtbar frieren, wenn sie zurückkommen.«

Wenn sie zurückkommen. Nicht *falls*. Denn natürlich kämen sie zurück, das war nicht die Arktis, so schnell erfror man nicht. Oder? Es war ja schon hier arschkalt, wenn man nicht in der Nähe des Kamins stand. Verdammt, es hätte einfach ein romantisches Wochenende werden sollen, seine Beziehung hatte er kitten wollen, dachte er, fummelte leicht hysterisch sein Handy wieder aus der Hosentasche, denn Martha hatte die Tür geschlossen und er stand in der absoluten Dunkelheit. Das Telefon fiel ihm aus den kalten Fingern, »verdammt, verdammt, verdammt!«, fluchte er erneut, seine Kehle ganz eng. »Verdammt, Papa! Hättest du wirklich nicht ein zentraleres Hotel buchen können?« Dann würde er jetzt nicht hier festsitzen, sondern woanders. Er hätte Tania nicht kennengelernt und würde mit Emma Wohnungen suchen und sich dabei fröhlich selbst belügen. Verdammt! Er wollte zu Hause sein, bei seinen Eltern, auf der Couch fläzen, er würde sich ein ganzes Paket von diesen grässlichen Lebkuchenherzen mit Aprikosenfüllung reinwürgen, wenn all das nur ein blöder Traum wäre. Auf den Knien rutschte er umher, bis er das Handy fand und die Taschenlampe einschalten konnte. Immer noch kein Netz. Kurz vor halb neun. Es kam ihm vor wie Mitternacht drei Tage später. Wie konnte es erst halb neun sein? Irgendwo in der Nähe knackste etwas, sofort richtete er den Lichtstrahl dorthin, leuchtete hektisch jede Ecke aus. Er war kein Abenteurer, er hatte Angst im Dunkeln, verdammt, er mochte keine Veränderungen, weder in Beziehungen noch, was seine Wohnsituation anging, und jetzt war alles auf einmal durcheinander und er wusste nicht, wohin mit sich. Er spürte flatternde Panik in sich aufsteigen und biss die Zähne aufeinander, bis es schmerzte. Sein Atem ging dennoch viel zu schnell, viel zu flach. Wo anfangen? Was tun?

Anrufen. Er fand das Telefon hinter dem Tresen, zwar ordentlich auf der nutzlosen Ladestation liegend, aber mit nur einem winzigen Balken Batterie. Wie viele Versuche hatte er? Wen sollte er anrufen? Die 112? Was konnten die schon ausrichten, bei dem Wetter kam kein Auto und kein Hubschrauber. Die lokale Polizei? Feuerwehr? Gab es hier im Dorf überhaupt eine oder musste die auch aus dem Tal kommen? Konnte er vergessen. Es war so elendig kalt, wie lange war Tania schon dort draußen? Er schnappte sich das Adressbüchlein neben der Ladestation und blätterte mit zitternden Fingern einmal durch, blieb an einem Namen hängen. Es war der einzige, der ihm etwas sagte. Und er erinnerte sich, das Festnetztelefon klingeln gehört zu haben.

»Bar Postigliun, hallo?«

Es knisterte in der Leitung, aber Florian erkannte Gions Stimme. »Hier ist Florian wir waren gestern Nachmittag bei dir in der Kneipe«, redete er ohne Punkt und Komma, »mit Emma und Tania du hast uns Röteli ausgegeben erinnerst du dich?

»Ah, ja, du hast Glück, Mann, ich wollte grad nach oben gehen, echt nix los heu...«

»Wir sind Gäste im Ruhehotel Onna«, unterbrach Florian ihn. »Wir sind eingeschneit und Tania irrt irgendwo draußen im Schnee umher und Chasper und Kati sind sie suchen gegangen. Wir brauchen Hilfe.«

»Wer ist Kati?«

»Scheiß drauf! Wir brauchen Hilfe! Die Batterie ist gleich ...« *Alle*, hatte er noch sagen wollen, aber da war die Leitung auch schon tot. Florian hatte nicht mal mehr die Kraft, laut zu fluchen, sondern sackte nach vorn, platzierte seine Stirn auf dem Tresen und schloss die Augen. Bitte, bitte, bitte, das war alles, was er in Gedanken formen konnte. Bitte. Er schluckte die Tränen runter, er war doch ein Mann, aber dann war ihm das so was von egal und er weinte lautlos, er wusste nicht, wie lange. Als die Panik verebbt war, atmete er einmal tief durch, zweimal, straffte den Rücken und ging in die Küche, um Teebeutel zu suchen und einen Topf, bis ihm einfiel, dass der ja bereits im Kaminzimmer stand.

Die Tür, die Martha ihm vorhin vor der Nase geschlossen hatte, stand nun halb offen. Martha und Rebekka hatten ihre Sessel ganz nah aneinandergeschoben und Rebekkas Kopf lehnte an Marthas Schulter. Die Erschöpfung war ihr selbst im Halbdunkel anzusehen. Er hoffte, dass die drei Frauen nicht merkten, dass er geweint hatte. Obwohl …

»Wo ist Emma?«, fragte Florian, nahm den Kochtopf, der auf der Anrichte stand, um ihn mit Wasser zu füllen. Es käme doch noch Wasser aus der Leitung? Er schnaubte leise. Sonst war draußen genug Schnee, den man schmelzen könnte.

»Ist sie nicht bei dir?«, fragte Martha. »Sie wollte nach dir sehen, du warst so lange weg. Hast du jemanden erreicht?«

Florian stellte den Topf auf den Esstisch, lauter als beabsichtigt. »Ernsthaft, ihr habt sie aus den Augen

gelassen? Was, wenn sie jetzt auch … Verdammt!«
Er rannte zur Eingangstür, öffnete sie, fand keine
Fußspuren, lief zur Hintertür, bog zu früh ab und
stieß in der Dunkelheit mit der Schulter gegen die
Ecke. »Ver…«, zischte er, tastete sich vorsichtig
weiter und suchte mit der anderen Hand das Handy
in seiner Hosentasche, um die Taschenlampe einzu-
schalten. Nur noch fünfzehn Prozent Batterie. Er hatte
es noch aufladen wollen, bevor sie in die Sauna gingen!

»Emma?«, rief er und öffnete gleichzeitig die Tür,
richtete den Lichtstrahl auf den Weg, den sie erst
heute Morgen lachend und blödelnd freigeschaufelt
hatten – und atmete aus. Auch hier keine frischen
Fußspuren. Sie musste zumindest irgendwo im Haus
sein. War sie vielleicht einfach nur auf die Toilette gegangen? In ihrem Zimmer? In dem Moment merkte
er, dass der Wind nicht mehr so kräftig blies und
auch der Schneefall deutlich nachgelassen hatte.
Endlich. Er sehnte sich nach Sonne.

Die Stufen knarzten, als er nach oben stieg. Eine
Netflix-Serie kam ihm in den Sinn, er hatte den Namen
vergessen, aber Stromausfall, unheimliche Geräusche
und das fahle Licht der Taschenlampe, das über halb
geöffnete Zimmertüren strich, kamen ganz bestimmt
darin vor, und was sich in den Zimmern verbarg, war
nicht schön gewesen.

»Emma?« Seine Stimme klang dünn in seinen Ohren. Ganz vorsichtig stupste er die Tür an, natürlich
quietschte sie leise, als sie aufschwang. Die Härchen

in seinem Nacken stellten sich auf, Herrgott, reiß dich zusammen, Junge, schimpfte er in Gedanken, und dennoch erschrak er, als seine Taschenlampe ein Häufchen Elend auf dem Bett beleuchtete.

»Mensch, Emma!« Er keuchte. »Hättest du nicht was sagen können, ich hab dich gerufen! Was tust du überhaupt hier?«

Sie hob den Kopf. »Hab dich nicht gehört«, murmelte sie und ließ den Kopf wieder hängen. Aber die zwei Sekunden hatten gereicht, um zu sehen, dass auch sie geweint hatte. Auch wegen Tania, wahrscheinlich, nur nicht vor Sorge, sie zu verlieren, so wie er, sondern vor Enttäuschung, weil sie ihn Tanias wegen verloren hatte. Es tat ihm weh, sie so zu sehen.

»Hey«, sagte er, setzte sich zu ihr aufs Bett und nahm ihre Hand. »Du bist ganz kalt.«

Sie zuckte mit den Schultern. Die Taschenlampe strahlte die Zimmerdecke an, er schob sie ein wenig zur Seite.

»Du liebst sie, nicht wahr? Tania?«

Liebe war ein großes Wort. Er zögerte, suchte nach der richtigen Formulierung, aber es war sinnlos, Ausflüchte zu erfinden. »Ich mag sie. Ich empfinde etwas für sie, ja.«

»Mehr als für mich?«

Tatsächlich wäre er nun froh um vollkommene Dunkelheit. Ihr jetzt ins Gesicht sehen zu müssen, schaffte er nicht. Was war er bloß für ein Feigling. »Anders, Emma«, sagte er schließlich. »Es tut mir leid. Wirklich.«

Sie nickte und schniefte.

»Aber«, fuhr Florian fort, »ist es nicht so, dass wir schon länger mehr so tun als ob? Wenn wir ganz ehrlich sind? Weil es bequemer ist, als sich der Wahrheit zu stellen, weil du die Verbindung zu meinen Eltern nicht verlieren willst, die dir mehr Familie sind als deine eigenen?« Er beobachtete sie genau, unsicher, ob er nur seine Gedanken laut ausgesprochen oder er ihre mitformuliert hatte.

Sie setzte zum Sprechen an, schloss den Mund wieder, sackte noch ein klein wenig mehr in sich zusammen, als hätte die Erkenntnis ihr den letzten Halt geraubt.

»Das ist furchtbar, Flo«, sagte sie leise, »aber ich glaube, du hast recht.«

Ihre Schultern bebten. Florian zog sie zu sich heran, hielt sie, während sie weinte, und fühlte sich seltsam leer und voll zur selben Zeit. Liebe kam und ging, man konnte sie weder erzwingen noch festhalten. Eigentlich war sie wie Schnee, dachte er, wunderschön in den kleinen Details der einzelnen Flocken, eine erdrückende Last, wenn sie zu viel wurde, und konnte man sie nicht loslassen, löste sie sich auf und rann einem durch die Finger.

»Was machen wir denn jetzt?«, fragte Emma nach einigen Minuten mit brüchiger Stimme. Alles an ihr schien zu zittern, also rieb er mit den Händen kräftig über ihre Oberarme.

»Wir sollten nach unten in die Wärme gehen«,

sagte er, wohl wissend, dass sie von ihrer Beziehung sprach. Nicht mehr ausweichen, du Feigling, schimpfte er mit sich, stieß energisch die Luft aus und sah Emma direkt ins Gesicht. »Du bedeutest mir nach wie vor viel, aber ich liebe dich nicht mehr, Emma. Das mit uns ist zu Ende, die Freundschaft hingegen kann vielleicht weiter bestehen. Bei meinen Eltern wirst du immer ein gern gesehener Gast sein. Aber jetzt … solltest du dich aufwärmen.«

KAPITEL 20

16. Dezember

Tania

Luft hatte sie gebraucht, die Kälte, die ihr wie eine eisige Ohrfeige gnadenlos ins Gesicht schlug, wieder und wieder, bis sie aufwachte und klar denken konnte. Einfach einmal um das Chalet laufen, durch den knietiefen Schnee stapfen, besser gesagt, aber als sie die Rückseite passiert hatte und vor den weißen Hügeln stand, unter denen sich die Autos versteckten, brachte sie es nicht über sich, die Eingangstür zu öffnen, als wäre damit verbunden, das, was sich dahinter befand, zu akzeptieren. Die mitleidigen Blicke der anderen, die eingefallenen Wangen ihrer Mutter, ihre magere Statur, die Traurigkeit in ihren Augen – die Wahrheit. Ihre Mutter würde sterben, und nicht irgendwann in zwanzig, dreißig Jahren, dann, wenn es zwar schmerzhaft, aber aufgrund des Alters akzeptierbar wäre, sondern bald. Und sie, sie hatte nichts davon gemerkt, war nicht für sie da gewesen, als sie die Diagnose erhielt, hatte sie wahrscheinlich

weggedrückt, als sie anrief. Weil sie in ihrem Selbstmitleid versunken gewesen war wie ein trotziges
Kleinkind. Die Scham brannte unter ihren Fußsoh-
len und trieb sie vom Hotel weg, dorthin, wo die
Straße so halbwegs ausmachbar war, und auch das
nur, weil sie im Licht der Handytaschenlampe die roten Stecken sah, die im Abstand von einigen Metern
aus dem Schnee lugten und markierten, wo Straße
aufhörte und Abhang anfing. Der Akku befand sich
bereits im kritischen Bereich, warum auch hatte sie
Chaspers Warnung in den Wind geschlagen und spielen müssen? Ihre Zähne klapperten aufeinander und
sie spürte ihre Ohren nicht mehr, sie sollte umdrehen,
aber da war ganz viel Durcheinander in ihrem Kopf,
irgendwas funktionierte nicht, die Warnlampe sprang
nicht an, Stromausfall innen wie außen, und so marschierte sie einfach weiter, Hügel bergab, von einem
roten Stecken zum nächsten, nur sie und ihr schlechtes Gewissen, nur sie und der Schmerz, rund herum
Finsternis und Schnee, soweit das Auge reichte. Einmal Kurve, noch eine Kurve, es war mühsam, durch
den tiefen Schnee zu waten, sie schwitzte und fror
gleichzeitig, aber sie konnte nicht stehen bleiben.
Dann strauchelte sie und knickte ein, fiel auf die
Knie, das Telefon rutschte ihr aus den steifen Fingern; sie fischte es sofort aus dem Pulverschnee und
presste es an ihre Brust, während sie versuchte, ruhig
zu atmen. Aber es drang nicht genug Luft in ihre
Lunge, zu eng war ihre Kehle, zu eng ihr Brustkorb,

jeder Atemzug ein Fiepsen, immer höher, höher, bis sie es nicht mehr aushielt.

»Warum?«, schrie Tania den Kloß zusammengeknüllter Gefühle aus ihrem Hals. »Warum? Warum, warum?« Heiß traten die Tränen aus ihren Augen, um sofort die Temperatur ihrer kalten Wangen anzunehmen. »Mamamamama«, wimmerte sie durch das Zähneklappern, sie konnte es nicht kontrollieren, schlug mit der Faust in den Schnee, so fein, so leicht, ohne Widerstand, flüchtig wie das Leben selbst. Sie spürte ihre Füße nicht mehr, ihre Jeans war nass, ihre Waden kalt. Wie lange dauerte es, bis man erfror? Würde sie überhaupt jemand vermissen? Ihre Mutter würde sie nicht lange überleben, ihr Vater war anscheinend ein Arschloch, Freunde hatte sie kaum. Clémi würde sich um Euphrat und Tigris kümmern, die kleinen Verräter hätten sie schnell vergessen. Simon hatte sie bloß ausgenützt und sie hatte es zugelassen, und selbst Florian wollte bei Emma bleiben, was sie traurig stimmte, sie ihm aber nicht nachtragen konnte, sie war nett, Emma. Hübscher als sie, freundlicher als sie. Nein, sie wollte nicht dafür verantwortlich sein, dass ihre Beziehung kaputtging. Aber warum hatte es sie dann bei Simon nicht gestört, warum hatte sie dort nur darauf gewartet, dass er seiner Frau und seinem Kind eröffnete, dass er sie wegen einer Jüngeren verlassen wollte? Weil sie geglaubt hatte, es sei wahre Liebe, die alles rechtfertigte? Oder doch eher, weil sie insgeheim gewusst hatte, dass es nie passieren würde? Gott, wie sehr sie sich schämte. Sie legte den Kopf in den Nacken, ließ sich sanft nach hinten gleiten. Die Kälte störte sie gar nicht mehr, und dann, als ihr die Flocken ganz sanft aufs Gesicht fielen, bemerkte sie, dass der Wind nachgelassen hatte. Eine tiefe Ruhe überkam sie und sie schloss die Augen. Sie war einfach nur geblendet gewesen von Simon. Vielleicht war sie nicht einmal die Erste und auch nicht die Letzte gewesen. Langsam wischte sie mit ihren Armen nach oben und nach unten, öffnete und schloss ihre Beine. Aber das erinnerte sie an den Moment vor gerade mal etwas mehr als vierundzwanzig Stunden, dieser Moment, in dem Florian unter ihr im Schnee gelegen hatte, sie auf ihm, Blödsinn im Kopf und ein unerklärliches Prickeln im Brustkorb, das ihr Herz nach einem Jahr Taubheit reanimiert hatte. Und da wollte sie es jetzt wieder absterben lassen? Hier liegen bleiben, ihr Leben aufs Spiel setzen?

»Nein«, sagte sie, und noch einmal, lauter: »Nein!« Sie würde sich nicht unterkriegen lassen, das hatte sie nicht verdient, das hatte ihre Mutter nicht verdient, ihre wunderbare Mutter, was musste sie sich für Sorgen machen? In einer Woche Weihnachten, Buchstabensuppe, eine heiße Suppe, wie war sie überhaupt hierhergelangt, wie lange lag sie nun schon hier? Verwirrt strich sie sich den Schnee vom Gesicht, es war ein seltsames Gefühl, die kalten Finger auf den kalten Wangen zu spüren, und auf einmal war die Ruhe weg. Mühsam rappelte sie sich auf, fiel wieder hin, weil sie ihre Füße kaum spürte, aber sie musste sich bewegen. Musste hier weg, wo war ihr Telefon? Mit den starren Händen klopfte sie sich ab, betastete die Jackentaschen, Hosentaschen, sah nichts, fand nichts, wischte durch den Schnee, ein hoffnungsloses Unterfangen, vergiss es, sagte sie sich und merkte, wie ihr Körper sich jetzt, wo die Maschine wieder lief, erneut mit Zittern gegen die Kälte zu wehren versuchte. Sie klatschte in die Hände und hatte gleichzeitig Angst, sie würden zerspringen wie Porzellan. Bergauf oder bergab? Der Schneefall ließ immer mehr nach. Ein klein wenig Helligkeit drang durch die Wolkendecke, kaum der Rede wert, aber genug, um die Konturen besser zu erkennen. Tania hatte keine Ahnung, wo genau sie war; nach oben zu stapfen, das würde sie nicht schaffen, aber wenn sie nicht halluzinierte, dann sah sie unten ein verschwommenes oranges Lichtlein, vielleicht der Schein von Kerzenlicht in einem der Fenster des Dorfes. Ihr Kopf pochte. Sie stopfte sich eine Handvoll Schnee in den Mund. Einen Schritt vor den anderen setzen.

»Du kannst das«, feuerte sie sich selbst an und fühlte sich dabei so unfassbar schwerfällig, in Gedanken und Bewegungen, aber einen Schritt vor den anderen setzen, etwas anderes musste sie nicht tun. Nur das. Fuß hochheben, absetzen. Fuß hochheben, absetzen. Da, einer der roten Stecken. Jetzt zum nächsten. Rechts ging es steil bergab.

»Ich komme, Mama.« Ein Schritt.

»Es tut mir leid, Mama.« Ein Schritt.

»Ich werde auf dich aufpassen, Mama.« Ein Schritt.

Christbaum kaufen, ein Schritt.

Baumschmuck aus dem Keller holen, ein Schritt.

Sie keuchte vor Anstrengung.

Plätzchen backen, ein Schritt.

Ihr Zimmer bei Clémentine kündigen, ein Schritt.

Gar nicht weit unter ihr tauchten wie aus dem Nichts helle Flecken auf, als hätte jemand den Schalter umgelegt. Oder, sie musste lachen, als wäre einfach der Strom wiedergekommen.

Zurück zu Mama ziehen, ein Schritt.

Leise rieselt der Schnee. Ein Schritt.

Ein Geräusch durchbrach die Stille. Sie lächelte, war sicher, Florian gehört zu haben, Florian, der ihren Namen rief. Aber dann wurde das Geräusch lauter. Dröhnender.

Verwirrt sah sie sich um. Noch ein Schritt.

Sie trat ins Leere.

KAPITEL 21

16. Dezember

Florian

Martha brach mitten im Satz ab, als Florian Emma ins Zimmer führte, sich die Bettdecke schnappte, die auf dem Boden lag, und Emma in den Sessel drückte, der dem Kamin am nächsten stand.

»Ich bin so müde«, murmelte Emma, schloss die Augen und kuschelte sich in die Decke ein, bis nur noch ihre blonden Haare sichtbar waren. Sanft strich Florian darüber und genoss die Wärme, die vom Feuer ausging.

»Wir haben geredet«, erklärte er Martha, die ihn fragend ansah. »Und es ist furchtbar kalt außerhalb dieses Zimmers.« Rebekka presste die Lippen aufeinander und sah aus, als würde sie gleich wieder in Tränen ausbrechen; was war er doch für ein unsensibler Idiot! Draußen war es noch viel kälter. »Keine Sorge«, sagte er und merkte, dass er es wirklich so meinte. Ein Ruck ging durch ihn hindurch, er spürte es, als wäre er auf einmal ein paar Zentimeter größer.

Verantwortlicher, erwachsener, endlich, wurde auch Zeit. Geschäftig sah er sich um. »Sie sind bestimmt schon auf dem Rückweg; wir heizen die Hütte jetzt so richtig ein, ich wollte Teewasser kochen, vielleicht finde ich Wärmeflaschen – habt ihr in euren Badezimmern Wärmeflaschen gesehen? Nein?«

Er öffnete die Glastür des Kamins, stocherte mit dem Haken in der Glut, verschob die halb verbrannten Holzscheite und legte neue obendrauf. Der Abzug funktionierte zum Glück besser, jetzt, wo der Wind den Rauch nicht mehr nach unten drückte, und innerhalb weniger Sekunden prasselte das Feuer wieder fröhlich. Animiert von seinem Erfolg legte Florian noch mehr Holz drauf. Brennen sollte es, brennen!

»Ich helfe dir«, sagte Martha, als hätte er sie mit seinem Aktivismus angesteckt. »Irgendwo wird Chasper wohl einen Schrank mit Bettwäsche und so Zeugs haben, vielleicht versteckt er dort auch Wärmeflaschen und mehr Decken. Vielleicht sollten wir auch versuchen, ein paar der Matratzen aus den Zimmern hierherzuschleppen, falls die nicht zu schwer sind? Wer weiß, wann das Licht zurückkommt und die Heizung wieder funktioniert?« Sie schnappte sich einen Zimtstern, dann noch einen. »Und Hunger hab ich schon wieder.«

»Es hat aufgehört, zu schneien.«

Florian drehte sich zu Rebekka um, die am Fenster stand und hinaussah. Sie bewegte die Lippen, als würde sie lautlos beten, und er musste an den Moment vorhin denken, als er nach dem Telefonat mit Gion geweint hatte. *Bitte, bitte, bitte, lass alles gut enden.* Wie machtlos er sich gefühlt hatte. Er ging zu ihr hin und umarmte sie; sie schlang ihre Arme um ihn, klein war sie, klein und dünn, dabei, zu verschwinden. Rasch kniff er die Augen zu, um die Tränen zurückzudrängen.

»Alles wird gut«, flüsterte er. »Okay? Alles wird gut.«

Martha hatte tatsächlich zwei Wärmeflaschen gefunden und Florian hatte den fast leeren Samowar mit dem im Kamin gekochten Tee aufgefüllt. Jetzt schälte er Mandarinen und knackte Walnüsse, Emma schlief, Rebekka stand weiterhin am Fenster und Martha stopfte sich mit Plätzchen voll, als gäbe es kein Morgen. Eine der Kerzen erlosch, als deren Lebenszeit abgebrannt war. Es war kurz vor neun. Chasper und Kati waren seit gut einer halben Stunde draußen, Tania noch länger. Langsam müssten sie doch wirklich zurückkommen. Oder waren sie bis ins Dorf hinabgestiegen? Er tippte sein Handy an – kein Netz. Unruhig rutschte er in dem Sessel hin und her. Sollte er doch rausgehen und ihren Fußspuren folgen?

»Hast du mit ihr Schluss gemacht?«, fragte Martha plötzlich.

Florian zuckte zusammen und warf einen Blick zu Emma, aber die schlief tief und fest. »Wir haben beide festgestellt, dass unsere Beziehung sich schon seit Längerem im Sand verläuft«, berichtete er förmlich.

»Du magst Tania«, sagte sie knapp und warf hinterher: »Da hat der Blitz eingeschlagen.« Florian schüttelte den Kopf, nein, so war es nicht, aber Martha schmunzelte. »Glaub mir, es war nicht zu übersehen.« Dann wurde sie wieder ernst. »Wenigstens hast du sie nicht betrogen.« Sie schnappte sich einen Mandarinenschnitz und biss so heftig darauf, dass der Saft bis zu Florian spritzte. »'tschuldige. Ich bin immer noch so wütend.«

»Verständlich«, murmelte Florian und schälte pflichtbewusst eine weitere Mandarine.

Martha nickte entschlossen. »Ich bin mir durchaus bewusst, dass ich klammere, wie Kati es nennt, auch wenn das echt negativ klingt. Sie und Benni sind meine Lieblingsmenschen, ist doch logisch, möchte ich viel Zeit mit ihnen verbringen. Und jetzt ... haben sie alles kaputt gemacht. Wie soll ich ihnen das jemals verzeihen?«

»Möchtest du ihnen denn verzeihen?«, fragte Rebekka vom Fenster her.

Florian beobachtete, wie Martha schockiert blinzelte.

Ohne den Blick von der Außenwelt abzuwenden, sagte Rebekka: »Wenn du dir die Frage stellst, *wie* du ihnen verzeihen könntest, bedeutet das doch, dass du es dir grundsätzlich vorstellen kannst. Sonst würdest du sagen, dass du ihnen das niemals verzeihen wirst. Das Herz spricht manchmal schneller als der Kopf.«

»Ich weiß nicht.« Martha zerfleischte einen weiteren Mandarinenschnitz mit ihren Fingernägeln. Der fruchtige Duft erfüllte den Raum wie ein weihnachtlicher Lufterfrischer. »Ich liebe Benni, wir wollten Kinder haben, gemeinsam alt werden. Vielleicht könnte ich ihm verzeihen, aber kann ich ihm wieder vertrauen? Was ist Liebe schon ohne Vertrauen?« Sie presste die Lippen aufeinander und kniff die Augen zu, als sie wohl von ihren Emotionen überwältigt wurde, dann atmete sie tief durch. »Ich weiß es nicht«, wiederholte sie leise und dünn. »Wer bin ich denn noch ohne ihn?«

»Du bist du, Martha«, sagte Rebekka und drehte sich dabei zu ihnen um, sah Martha direkt an. »Definiere dich nicht über andere. Verlust kann dich entweder schwächen oder stärken. Was von beidem, bestimmst letztendlich du, und wie du damit umgehst, auch. Und das betrifft deinen Mann genauso wie ...«

»Ay!« Das Licht im Kaminzimmer war so hell, dass Florian die Augen schließen musste. »Der Strom ist zurück«, sagte er überflüssigerweise. Das Radio dudelte eben die letzten Takte von *Driving home for Christmas*, und oh, das wünschte sich Florian jetzt, nach Hause zu fahren.

»Das Telefon, Flo!«, rief Martha.

»Das muss erst ein paar Minuten laden, bevor ...«

»Die Heizungen!«, rief sie bereits weiter. »Wir müssen sie hochdrehen, und ...«

»Pscht«, grätschte Rebekka dazwischen, ging zum Radio und drehte es lauter.

»… ist nun auch im letzten Tal der Strom zurückgekehrt, liebe Hörerinnen und Hörer, und falls Sie erst jetzt eingeschaltet haben: Die Schneepflüge sind nach den Schneefällen der letzten Stunden kräftig im Einsatz, aber bis die Straßen und Schienen wieder befahrbar sind, kann es dauern. Ebenso herrscht erhöhte Lawinengefahr. Machen Sie es sich also zu Hause mit einem Glas Glühwein, einem Tee oder einer heißen Schokolade gemütlich, hören Sie Radio und denken Sie daran – in einer Woche ist Weihnachten!«

»Gemütlich machen, macht der Witze?«, knurrte Emma verschlafen. In der großen, weiß bezogenen Bettdecke sah sie aus, als wäre sie in einem Schneehaufen versunken.

Ein unangenehmes Kribbeln zog sich von Florians Scheitel bis in die Zehen, kalt wie eine Vorahnung; stocksteif stand er da und wartete, bis es in den Boden gesickert war.

»Lawinengefahr«, flüsterte Martha.

»Scheiße«, sagte Emma.

»Tania«, sagten Florian und Rebekka gleichzeitig, und dann rannte Florian auch schon los, zur Hintertür raus, den Fußspuren im Schnee folgend.

»Tania!«, schrie er aus voller Kehle. »Chasper, Kati!«

KAPITEL 22

16. Dezember

Kati

Sie wusste nicht, ob sie jemals in ihrem Leben so gefroren hatte. Der Schnee hatte ihre Jeans von den Knien abwärts komplett durchnässt, war in ihre Winterstiefel eingedrungen, saß ihr in den Augenbrauen, den Wimpern, den Nasenlöchern. Die Kapuze schützte ihre Ohren nur mittelmäßig vor dem scharfkantigen Wind, und die Angst vereiste ihr Inneres mit jeder Minute, die sie durch die Dunkelheit stapften, ein klein wenig mehr. Sie müssten schneller vorankommen, schneller den Spuren im Schnee folgen, aber sie sanken ein, blieben stecken, mussten sich aneinander abstützen, und Kati fragte sich, wie Tania ihnen so weit voraus sein konnte. Aber dann: Sie hatten ja auch viel zu spät gemerkt, dass sie das Hotel verlassen hatte.

»Wir sind zu langsam, wir hätten die Schneeschuhe nehmen sollen«, schrie Chasper und richtete die große Taschenlampe, die er auf dem Weg hinaus aus einem Schrank geholt hatte, zurück, wohl abwägend, ob es sinnvoll wäre, sie zu holen. Aber das Schneetreiben war so dicht, dass das Licht von den kleinen spitzen Flocken reflektiert wurde. »Zum Glück war sie schlau genug, der Straße zu folgen und nicht in den Wald zu gehen.«

»Dort liegt weniger Schnee«, erwiderte Kati keuchend.

»Aber es gibt ein steiles Tobel. Wenn sie vom Weg abkommt, läuft sie direkt hinein.«

Was für ein Trost, dachte Kati, wischte sich die Schneeflocken aus den Augen und schielte nach rechts, dort, wo die Straße abrupt in den Abhang überging. Ein falscher Schritt konnte hier genauso verhängnisvoll sein, und die vereinzelten Bäume und Sträucher, die die Sicht auf die Straße weiter unten verdeckten, würden einen Sturz nicht weniger schmerzvoll machen.

»Tania!«, rief sie, aber der Wind nahm ihr das Wort aus dem Mund und blies es in die falsche Richtung. Sie vergrub die Hände noch tiefer in den gefütterten Taschen von Onnas Jacke, dachte an den Kreis, den Chasper schließen musste, und fragte sich, wie ihr eigener Kreis mit Chasper aussah. Klein und fast beendet? Oder groß und gerade erst begonnen? Gab es eine Zukunft für diese Blicke, die Herzflattern auslösten, für die gar nicht so zufälligen Berührungen, die den Atem stocken ließen, oder waren diese Gefühle nur durch den Druck dieses Schmelztiegels entstanden, in dem sie sich befanden? Sie konnte sich nicht erklären, was es war, das sie so anzog, was anders war als sonst, außer: Er hatte sie auf einer ganz anderen Ebene gepackt, einer, von der sie nicht gewusst hatte, dass sie existierte, nenn es metaphysisch, zwischenweltlich oder einfach: an dem Punkt ihrer Seele, der dafür zuständig war, diesen einen Menschen zu erkennen, der einen selbst ergänzte. Sie wollte so sehr, dass er dasselbe fühlte.

»Mist!«, unterbrach Chasper die Melodie ihres Wunschkonzertes und klammerte sich an Katis Arm fest, dass sie beinahe das Gleichgewicht verlor. Er zischte etwas ihr Unverständliches, wahrscheinlich Rätoromanisch, und drückte ihr die Taschenlampe in die Hand, um gleich darauf wiederholt die Finger zur Faust zu ballen und wieder zu öffnen. »Knöchel«, stieß er hervor. »Auf den Steinbrocken am Rand getreten.« Er fluchte weiter, versuchte aufzutreten und stützte sich mit seinem ganzen Gewicht auf ihre Schulter. »Müssen weiter, Kati, wir müssen sie finden!«

»Ich weiß.« Hilflos sah sie sich um, wie sollte das gehen? Dabei merkte sie, dass sowohl der Wind als auch der Schnee in den letzten paar Minuten deutlich nachgelassen hatten. Dem Himmel sei Dank! Sie wischte sich mit der klammen Hand über das Gesicht und presste mit den Unterarmen die Innenseite der Kapuze gegen die Ohren. Es schmerzte, sie überhaupt zu berühren.

»Tania!«, rief sie wieder und glaubte, von irgendwo ein Geräusch zu hören, das sie nicht einordnen konnte, schwenkte den Strahl der Taschenlampe in die Richtung und beleuchtete dabei einen der roten Stecken, und dahinter ...

»Warte«, wies sie Chasper an und watete ein paar Meter vor, zerrte und ruckelte und zog an dem Holzstab, bis sie ihn aus dem Boden gerissen hatte, und reichte ihn Chasper nach hinten. »Schau mal, hier vorn, der Schnee ist ganz zerwühlt, sie muss auch gefallen sein. Tania? Bist du hier?« War sie verletzt? Ohnmächtig? Aber dann besah sie sich die Stelle genauer. »Das ist ein Schneeengel«, sagte sie erstaunt und erkannte auch, dass die Fußspuren weiter bergab führten.

Chasper kam schwerfällig zu ihr gehumpelt. »Immerhin scheint sie sich beruhigt zu haben, wenn sie sich dafür Zeit genommen hat.« Er schien erleichtert und gleichzeitig verärgert. »Was hat sie sich dabei nur gedacht? Wahrscheinlich sitzt sie schon längst bei Gion in der Kneipe! Ich hoffe es, Kati, ich hoffe es«, fügte er leise hinzu und tat humpelnd einen Schritt, wie um zu zeigen, dass seine Möglichkeiten eingeschränkt waren.

»Da!« Kati wies nach unten. »Das Licht! Es gibt wieder Strom!« Straßenlampen und Fensterbeleuchtungen schimmerten von einer Sekunde auf die andere orange durch die diffuse Dunkelheit, und Kati entfuhr ein Wimmern, ein seltsames Geräusch zwischen erschöpftem Weinen und dankbarem Lachen, und bevor sie wusste, was sie tat, umarmte sie Chasper. Da waren Jacken und Pullis und Haut und Muskeln zwischen ihnen, und doch war ihr in dem Augenblick, als wären sie eins. Sanft legte auch er einen Arm um sie. Sein warmer Atem streifte ihr eiskaltes Ohr und ausgehend von der Stelle schien ihr ganzer Körper aufzutauen.

»Tania«, hörte sie dann von weiter oben, vom Chalet. »Chasper, Kati!« Warum schrie Florian so? Und dann drang dieses Brummen wieder zu ihr, von unten, ein Auto irgendwo, aber wie war das möglich?, und dann ein dumpfer Knall, über ihnen, neben ihnen, Kati konnte es nicht sagen und schüttelte nur verwirrt den Kopf, erst überall Stille und plötzlich alles auf einmal. Chasper versteifte sich in ihren Armen, als ein Geräusch erklang, ein gewaltiges Wischen; Gefahr lag wie Elektrizität in der Luft und Kati keuchte erschrocken, als sie im Schein der Lichter die Schneewolke sah, die vom Berg herab in Richtung Dorf stob. Sie glaubte, nur ihren Arm ausstrecken zu müssen, um sie berühren zu können.

»Ist weit weg«, sagte Chasper und sie spürte, wie er sich entspannte. »Zweihundert Meter, auf dem anderen Berghang. Tania ist in die entgegengesetzte Richtung ...« Er zeigte die Straße entlang, und dort schoben sich eben zwei Lichtstreifen um die Kurve, gefolgt vom tiefen Brummen eines dicken Motors. Kati identifizierte es als das Geräusch, das sie vorhin schon vernommen hatte. Eine orange Schaufel schob den Schnee vor sich her, und als der Schneepflug näherkam, schrie sie auf.

»Tania!«

Der Traktor blieb tuckernd stehen und eine Frau sprang aus dem Fahrerhäuschen.

Chasper humpelte auf sie zu. »Du hast sie gefunden, Lotti, Gott sei Dank, geht es ihr gut?«

»Gefunden?« Die Frau lachte ein rauchiges Lachen. »Die ist mir zum zweiten Mal innerhalb von vierundzwanzig Stunden vor den Schieber gepurzelt, verrückte Unterländerin!«

»Aber wie kommst du dazu, hier zu pflügen und nicht auf der Hauptstraße?«

Kati hörte nur mit halbem Ohr zu, wie Lotti erklärte, dass Kneipen-Gion sie aufgesucht habe, weil ein scheinbar sehr gestresster Tourist ihn angerufen und um Hilfe gebeten habe, da ein Gast aus dem Ruhehotel durch den Schnee irre. »Da dachte ich, ich mach mal die Straße hier frei; wenn sie ein bisschen schlau ist, wird sie wohl eher bergab laufen als bergauf zu kraxeln. Auch wenn ich noch nicht verstanden habe, was das Mädel bei dem Wetter draußen zu suchen hat.« Sie schüttelte den Kopf, während Kati in den Führerstand kletterte, wo Tania wie ein nasses Häufchen Elend saß und unkontrolliert zitterte.

»Alles gut«, flüsterte sie ihr zu, und Tania nickte und schüttelte gleichzeitig den Kopf.

»Ich will … zu meiner … Mutter«, hauchte sie stoßartig.

Chasper und Lotti unterhielten sich immer noch mit angespannten Gesichtern, gestikulierten nach oben und dann zu der Stelle, an der die Lawine abgegangen war.

»Könnt ihr das später besprechen?«, unterbrach Kati sie und deutete auf Tania. »Sie sollte dringend in die Wärme. Wir alle, denke ich. Ich laufe hinterher, aber Chasper ...«

»Fuß verknackst«, gestand er Lotti zähneknirschend.

Die nickte unbeeindruckt. »Siehst aus wie Moses mit deinem Stock. Dann teil doch bitte mal das Wasser, auch wenn es gefroren ist, ja?«

Fünfzig Meter vor dem Chalet, dort, wo die Straße in das Plateau überging, stand bereits Florian, und auf der von der Lichterkette beleuchteten Terrasse konnte Kati Rebekka und Martha ausmachen.

Lotti tuckerte an ihm vorbei, schob den Schnee der letzten Gerade zur Seite, tanzte mit ihrem Pflug hin und her, bis sie gekehrt und damit den Parkplatz halbwegs freigeschaufelt hatte. Chasper half Tania nach unten, wo Kati sie in Empfang nahm und sie direkt in Florians Arme schob, der sie mit einer Selbstverständlichkeit an sich zog, als wären sie seit Jahren ein Paar. Wo war Emma? Er flüsterte ihr etwas ins Ohr, dann führte er sie zur Terrasse, stützte sie, als er merkte, wie unsicher sie auf den Beinen war, und übergab sie Rebekka, an die sie sich mit bebenden Schultern schmiegte wie ein Vögelchen in sein Nest.

Kati sah Lotti hinterher, die mit ihrem Pflug wieder bergab fuhr, und spürte, wie die Spannung langsam aus ihr floss und dafür die Müdigkeit mit voller Wucht Besitz von ihr ergriff.

»Wir sind alle wieder hier«, sagte sie leise und malte mit der Schuhspitze unbeholfene Kreise in den plattgedrückten Schnee vor ihr. Ihre Füße waren Eisklumpen. »Anders als noch gestern und doch dieselben.« Sie sah auf. Alle bis auf Chasper waren wieder im Inneren des Chalets verschwunden, die Ruhe war zurückgekehrt. Sie nahm seine Hand, und gemeinsam humpelten sie in Richtung Eingang, als sie aus dem Augenwinkel eine Bewegung wahrnahm und abrupt stehen blieb.

»Schau nur, Chasper«, wisperte sie. Hinten am Waldrand, an der Grenze zwischen Licht und Dunkelheit, stand ein Reh und sah zu ihnen her. Ganz langsam hob Chasper die Hand zum Gruß und Kati tat es ihm gleich. Dann senkte das Tier seinen Kopf, als würde es nicken, und sprang leichtfüßig in den Schatten der Tannen. Chasper atmete lang aus, lehnte seine Stirn an Katis und schloss die Augen.

KAPITEL 23

16./17. Dezember

Kati

Sie hatten funktioniert wie ein eingespieltes Team: Ohne weiter auf seinen Fuß zu achten oder sich selbst erst aufzuwärmen, hatte Chasper Florian in die Küche gezogen, um eine wärmende scharfe Kürbissuppe und einen großen Topf Nudeln zuzubereiten, schlicht und schnell, keine Zeit für Finesse, alle waren hungrig. Martha beauftragte er damit, die Heizungen in allen Zimmern aufs Maximum hochzudrehen, Kati räumte das Kaminzimmer auf, Emma deckte den Tisch. Rebekka half Tania in die warme Badewanne, und den Wortfetzen, die Kati aufschnappte, als sie die Bettdecke in Tanias Zimmer brachte, entnahm sie, dass die beiden dabei waren, dort anzuknüpfen, wo vor einem Jahr der Faden ihrer Beziehung gerissen war. Sie hatte sich so schnell und lautlos wie möglich wieder verkrümelt.

Aber nach dem Essen begann dieser Zusammenhalt zu schmelzen wie eine Eisskulptur in der Sonne, bis die Konturen nicht mehr erkennbar waren; die Aufregung war vorbei, und Kati bemerkte, wie Emma immer stiller wurde, obwohl Florian sich wirklich bemühte, keinen allzu großen Hehl aus seinen offensichtlichen Gefühlen für Tania zu machen, die sowieso damit beschäftigt war, ihre Augen irgendwie offen zu halten. Rebekka spielte mit einem Tannenzweig, der zur Dekoration auf dem Tisch lag, und hatte schon mehrfach auf ihre Armbanduhr geschielt, Martha trank ihr drittes Glas Wein. Kati übernahm die Gastgeberrolle von Chasper und räumte den Tisch ab, und als sie Marthas Teller einsammelte, legte sie ihr sanft ihre freie Hand auf den Arm, als diese erneut nach dem Weinglas griff.

»Was soll das?«, fragte Martha.

Kati nahm ihre Hand weg. »Denkst du nicht, du hattest genug? Du weißt doch, du verträgst …«

»Wen stört's? Oder hast du Angst, dass ich mich danach ins falsche Bett lege?« Sie drehte sich zu Chasper. »Wäre es möglich, dass ich diese Nacht ein anderes Zimmer bekommen könnte? Ich glaube nicht, dass heute noch Gäste auftauchen.«

»Ich hätte auch gern ein anderes Zimmer«, warf Emma leise ein. Florian senkte betreten den Kopf. »Ist schon gut, Flo«, beruhigte sie ihn. »Es fühlt sich einfach … nicht richtig an.« Kati fragte sich, was genau zwischen den beiden vorgefallen war, während sie in der Kälte herumgeirrt war, aber scheinbar war auch hier ein Schlussstrich gezogen worden. Nur, dass die beiden jungen Leute erwachsener damit umgingen als Martha und sie.

Das Bett fühlte sich zu groß an, zu leer, das verwaiste Kopfkissen Symbol für die Lücke, die das Ende ihrer Freundschaft zu Martha hinterließ. War es ein Ende? Wiederholt wollte sie aufstehen und an die andere Zimmertür klopfen, aber während in ihrem Kopf ein Gedankenrennen stattfand, war ihr Körper hundemüde und bleischwer. Sie schaffte es nicht, ihn dazu zu bewegen, die Füße aus dem Bett zu schwingen. Still lag sie da, atmete den beruhigenden Duft des Holzes ein, der allgegenwärtig war in diesem Haus, dachte an ihre Eltern, die wie immer den Winter in Thailand aussaßen, dachte daran, wie schön es eigentlich wäre, Weihnachten wieder einmal als Familie zu feiern, dachte an den Wichtel in ihrem Adventsgesteck, der früher den Tannenkranz in ihrem Elternhaus geschmückt hatte. Dachte an die Male, in denen Martha und sie damit gespielt hatten, während sie Plätzchendosen leer mampften und Weihnachtsmärchen auf Kassetten lauschten. Martha, die immer dabei gewesen war, immer und überall, beste Freundinnen seit e-w-i-g. Lag sie vielleicht falsch mit der Annahme, dass der Weg zu eng geworden war für sie beide? War er breiter geworden, sodass sie mehr Abstand einhalten konnten, aber ohne sich dennoch aus den Augen zu verlieren?

Auf einmal hielt sie nichts mehr im Bett. So wie sie

war, mit den Kuschelsocken an den Füßen und dem Flanellpyjama, den außer Martha niemand kannte, tapste sie in den Flur und klopfte an Marthas Zimmertür. Wartete. Klopfte erneut.

»Is' was passiert?« Schlaftrunken blinzelte Martha sie an. »Kati? Weißt du, wie spät es ist?«

»Halb eins. Darf ich reinkommen?«

Martha zögerte.

»Bitte?«

Mit nicht allzu großer Begeisterung öffnete Martha die Tür ein wenig mehr und Kati schlüpfte hinein. Auf dem Weg zum Bett kam sie an dem gepackten Koffer vorbei. Vorhin, als Martha von einem Zimmer ins andere gezogen war, hatte sie ihre Klamotten blind hineingestopft und seitdem offensichtlich auch nicht mehr rausgenommen.

»Ich fahre morgen ab, sobald Chasper mir bestätigt, dass die Straßen frei sind. Es wäre mir lieb, wenn du … Ich weiß nicht. Den Zug nehmen würdest oder so.«

Kati nickte. Martha setzte sich ins Bett, lehnte sich gegen die Wand und zog die Decke bis unters Kinn. Vorsichtig, als wartete sie darauf, einen Platzverweis zu erhalten, setzte sich Kati neben sie, stopfte sich das Kissen in den Rücken und die zweite Decke um sich.

»Ich brauche keine weitere Entschuldigung«, sagte Martha, bevor Kati überhaupt wusste, wie sie das Gespräch beginnen sollte. »Was du getan hast, ist nicht entschuldbar.«

»Nein, das ist es nicht«, antwortete sie. »Es tut mir trotzdem leid.«

Martha nickte versonnen.

»Und du hast recht mit dem, was du gesagt hast. Ich war lange Zeit nur auf Spaß aus, war vielleicht sogar egoistisch. Und ja, ich war auch etwas eifersüchtig auf Benni, der sich plötzlich zwischen uns gedrängt hat, weil, du und ich … Wir verändern uns, entwickeln andere Ziele, Gemeinsamkeiten nehmen ab, aber dennoch bist du der Mensch, mit dem ich seit dreißig Jahren täglich spreche, mehr noch als mit meinen Eltern. Du bist die Konstante in meinem Leben, Martha, und das zu verlieren, würde mich sehr traurig machen. Aber es wäre meine gerechte Strafe und ich akzeptiere jede deiner Entscheidungen.« Sie verzog das Gesicht und fuhr sich hektisch mit den gespreizten Finger durch ihre lockige Haartolle. »Das klang wirklich sehr seltsam, nicht wahr?«

»Bisschen, ja«, sagte Martha und schniefte. »Aber ich verstehe, was du meinst.« Dann lehnte sie ihren Kopf an Katis Schulter. »Ich weiß trotzdem nicht, ob ich einfach weitermachen kann, als wäre das nicht geschehen. Nicht mit dir und nicht mit Benni. Ich … ich brauch wohl von euch beiden erst einmal eine Pause, und dann sehe ich weiter.«

Kati legte ihren Arm um Marthas Schulter.

»Aber dich werde ich in nächster Zeit wahrscheinlich eh nicht häufig in Stuttgart antreffen.«

Kati nahm ihren Arm wieder weg. »Was meinst du denn damit?«

Martha richtete sich auf und sah sie mit fragend zusammengekniffenen Augen an, dann lachte sie leise. »O Kati. Muss ich wirklich aussprechen, was du doch schon längst selbst erkannt hast? Du gehörst hierher. Zu Chasper, in dieses Hotel, in diese Umgebung, diese Ruhe. Es ist wie für dich gemacht. *Er* ist wie für dich gemacht, das habe ich in der ersten Sekunde schon gemerkt. *Sparkle, sparkle*, du erinnerst dich? Wie frisch gefallener Pulverschnee, der in der Sonne glitzert.«

»Du verrückte Nudel«, murmelte Kati. Hierbleiben? Ganz abgesehen davon, dass sie das nicht allein zu entscheiden hatte – wollte sie das? Sie konnte ihr Herz nicht daran hindern, sich süß zusammenzuziehen und danach still vor Freude zu explodieren, und das war Antwort genug.

Martha hatte sie kurz darauf gebeten, zu gehen, der Moment ihrer früheren Vertrautheit vorüber und ersetzt durch das neue hinterfragende Misstrauen. Und als Kati am nächsten Morgen nach unten ging – sie hatte, musste sie sich eingestehen, mit Absicht gebummelt, um dem voraussichtlich befremdlichen Abschied zu entgehen –, war Martha bereits abgereist.

»Mir wäre es lieber gewesen, sie hätten noch gewartet«, sagte Chasper. »Die meisten Straßen sind

war, zu ihrem Traum gehört hatte. Aber dann sah sie den Adventskranz mit den vier heruntergebrannten Kerzen, blickte aus dem Fenster und sah die dicke und blendende Schneedecke, die die Tische auf der Terrasse bedeckte und die hohen Tannen am Waldrand wie Wolken am Stiel aussehen ließ. Unwillkürlich scannte sie die Schatten unter den Bäumen nach dem Reh ab, während eine warme Gänsehaut über ihre Arme rollte. War es eine Botschaft gewesen?

Hinter ihr quietschte eine Bodendiele und sie drehte sich um. Chasper stand im Türrahmen, ein leicht entrücktes Lächeln im Gesicht. Das Blau seiner Augen nahm ihr die Luft.

»Dein Kaffee«, sagte er und stellte die Tasse hin, während sie sich setzte. »Magst du ein frisch aufgebackenes Gipfeli?« Er zeigte auf den Brotkorb mit den Croissants, der auf der Anrichte stand.

Kati schüttelte den Kopf. »Keinen Hunger. Setz dich. Du solltest deinen Fuß schonen.« Sie spielte mit einer der goldenen Christbaumkugeln, die auf dem Tisch lagen, und räusperte sich. Chasper nahm ihr ganz sanft die Kugel aus den Fingern, und allein bei der kurzen Berührung floss seine Ruhe in sie hinein und füllte sie, wie Wasser ein leeres Gefäß füllte, verdrängte jedes bisschen Unruhe, Sorge oder Zweifel, bis sie randvoll war mit der Gewissheit, dass das hier etwas Besonderes war. Etwas, auf das sie hingelebt hatte, ohne es zu wissen.

»Warum lächelst du?«, fragte Chasper leise.

»Kommen heute neue Gäste?«, fragte sie zurück. Er nickte verhalten. »Hast du jemanden, der dir beim Putzen zur Hand geht? Oder machst du alles selbst?« Sie merkte, wie er sich zurückzog, als wäre das nicht die Richtung, die das Gespräch seiner Meinung nach einschlagen sollte.

»Ich habe seit Onnas Tod vieles vernachlässigt. Den Notstromgenerator zu reparieren, zum Beispiel«, sagte er zerknirscht. »Die Fensterläden. Und eine Angestellte oder einen Angestellten zu suchen.« Er zuckte mit den Schultern und sah ihr direkt ins Gesicht. »Werde ich alles in Angriff nehmen.«

Die Luft zwischen ihnen flimmerte und Katis Herz raste.

»Ich kann dir helfen«, flüsterte sie. »Heute. Und morgen, wenn du magst. Und … immer.«

Chasper strich mit seinem Finger über ihre Wange, kaum spürbar, und doch war es die zärtlichste Berührung, die sie jemals erfahren hatte. Sie beugte sich leicht vor und schloss die Augen.

»Wir sind zur Abfahrt bereit.«

Kati zuckte zurück und verschluckte sich vor Schreck fast. Chasper blinzelte, Gott, wurde er etwa rot?, und musste sich ein Grinsen verkneifen, bevor er sich zu Rebekka umdrehte, die wie er vorhin im Türrahmen stand. Als wären auch sie ihre Kinder, lag eine gewisse Zufriedenheit in ihrem Blick, eine Zuversicht, als wollte sie sagen, seht her, jetzt ist alles am richtigen Platz. Wir wurden einmal durchgemischt, aber es ist alles gut, wie es ist. Denn wir wachsen an den Verlusten, die wir erleiden; sie nehmen uns etwas, aber sie machen Platz für Neues, früher oder später. Egal wie kalt es ist, wir tragen alle Wärme in unseren Herzen.

Als Kati aufstand, nahm sie Chaspers Hand, und gemeinsam verabschiedeten sie sich von ihren Freunden.

KAPITEL 24

24. Dezember

Tania

»Hast du den Eimer mit Wasser gefüllt?«, rief Rebekka aus dem Wohnzimmer; es war schon das dritte Mal, dass sie die Frage stellte, und Tania verdrehte amüsiert die Augen.

»Ja, Mama. Steht hinter der Tür. Wie immer.« Und in ihr Telefon sagte sie: »Ich muss jetzt, es geht los. Gib mir Bescheid, wenn du morgen in Zürich ankommst.«

»Mach ich«, sagte Florian. »Frohe Weihnachten.«

»Frohe Weihnachten!«

Es kribbelte gleichzeitig hinter ihren Lidern und in ihrem Herzen; sie atmete bewusst ganz tief ein und aus, um beides wieder unter Kontrolle zu bekommen. Den Schmerz, das letzte Weihnachtsfest mit ihrer Mutter zu feiern, und die Freude, mit Florian eine neue Etappe beginnen zu können, auch wenn sie sich darauf geeinigt hatten, sich langsam kennenzulernen. Ende und Anfang lagen so nah beieinander. Tania straffte ihre Schultern und ging zu ihrer Mutter ins Wohnzimmer.

»Da bist du ja endlich. Wollte Florian dich nicht gehen lassen?«, neckte Rebekka sie.

»Ha, ha«, sagte Tania und machte sich an ihrer Playlist zu schaffen, damit ihre Mutter nicht sah, wie sie rot wurde.

»Ich soll dir liebe Grüße von Emma ausrichten, sie hat mir vorhin eine Nachricht geschickt.«

»Hm«, sagte Tania. Sie fühlte sich nicht ganz wohl beim Gedanken an Emma, auch wenn diese ihr in den vergangenen Tagen mehrfach versichert hatte, dass sich die Trennung von Florian nach dem ersten Schock richtig anfühlte und sie ihnen alles Gute wünschte.

»Martha verbringt das Fest mit der Familie ihrer Schwester«, informierte Rebekka weiter. »Wird wahrscheinlich nichts daraus, ihre Ehe zu retten, die Arme. Oder auch nicht arm, vielleicht tut es ihr gut, sich zu lösen und selbstständiger zu werden, statt an ihrem Mann oder Kati zu hängen.«

»Und hast du auch von Kati und Chasper gehört?«, fragte Tania und drückte auf Play. Die ersten Klänge von *Stille Nacht, Heilige Nacht* ertönten. Sie nahm sich ein Vanillekipferl, von denen sie gestern mit ihrer Mutter zwei Bleche gebacken hatte, süß und im Mund buttrig schmelzend.

»Ts, doch nicht vor dem Essen!«, rügte Rebekka sie und steckte sich dann selbst genießerisch eins in den Mund. »Hier«, sagte sie dann und hielt Tania ihr Telefon hin. »Hat sie mir vor einer Stunde geschickt. Die letzten Gäste sind am Mittag abgereist und bis nach den Feiertagen bleibt das Chalet geschlossen.«

Auf dem Selfie saßen Kati und Chasper warm eingepackt an einem der Tische auf der Terrasse, so eng nebeneinander, dass keine Schneeflocke zwischen sie gepasst hätte. Sie hatten eine der jungen Tannen am Waldrand von der weißen Pracht befreit und mit einer Lichterkette dekoriert, die warmes Licht spendete. Obwohl das Bild Ruhe und Liebe ausstrahlte, setzte sich ein Kloß in Tanias Hals fest, als sie daran dachte, wie sie dort blind und mit der ganzen Welt hadernd durch die Kälte gestapft war.

»Manchmal steht man sich einfach selbst im Weg«, murmelte sie und umarmte ihre Mutter, die wohl genau wusste, wovon sie sprach.

»Aber zum Glück gibt es Menschen, die einen an der Hand nehmen, wenn man nicht mehr weiterweiß«, flüsterte sie, drückte Tania einen liebevollen Kuss auf die Stirn und schob sie sanft von sich. »Jetzt die Kerzen, ja?« Sie wirkte hibbelig wie ein kleines Kind, das auf die Bescherung wartete, dabei hatten sie dieses Jahr beschlossen, sich nicht einmal die üblichen zwei kleinen Präsente zu machen. Denn die Zeit, die sie miteinander verbringen konnten, war das kostbarste Geschenk von allen.

Vorsichtig nahm Tania zwei der weißen Baumkerzen von den Zweigen, zündete sie an, gab ihrer Mutter eine, und so hielten sie die brennenden Dochte an all die übrigen, bis der Raum im weichen Licht der Flammen leuchtete. Dann tippte sie auf ein neues Lied in ihrer Playlist.

»Leise rieselt der Schnee«, sang Rebekka mit, während Tania mit Tränen in den Augen vor dem Baum stand, die Stimme ihrer Mutter in sich aufsog und auf ewig speicherte.

»Lass mich sehen!« Rebekka kicherte und zog an Tanias Hand.

»Warte«, ermahnte sie ihre Mutter, fischte mit der Gabelzinke den letzten Buchstaben aus ihrer Suppe und legte ihn auf den Teller. Ihre Mikrogeschichte war fertig, die Zusammenfassung des letzten Wochenendes:

WENN AUS WINTER WÄRME WIRD

NACHWORT
UND DANKSAGUNG

Ich danke DIR sehr dafür, dass du dieses Buch gekauft hast, und ich hoffe, dass ich dich damit für ein paar Stunden aus dem Alltag entführen konnte.

Wenn du gern wissen möchtest, wie Chasper und Kati ihr Weihnachtsfest verbringen und du das Rezept für eine köstliche Engadiner Nusstorte erhalten willst, dann scanne direkt den QR-Code!

Oder kopiere diesen Link:
https://subscribepage.io/FC9lwV

Du meldest dich damit für meinen Newsletter an. In dem berichte ich dir ungefähr einmal im Monat aus meinem Leben in Spanien und du erfährst alle Neuigkeiten rund um meine Bücher.

DANKE,

an dieser Stelle, meinen Eltern und Großeltern, die uns Kindern Jahr für Jahr ganz bezaubernde Weihnachtsmomente bescherten. Auch wenn ich, mittlerweile erwachsen und selbst Mutter, natürlich weiß, dass die Magie handgestrickt ist und hinter dem Schein nicht alles glänzt, was Gold ist, sind viele dieser Erinnerungen fest in meinem Herzen verankert.

Laura Newman ist wieder für das wunderschöne Cover verantwortlich, Stefanie Scheurich für den Buchsatz – ich danke euch für die wunderbare Zusammenarbeit!

Mein Mann steht immer hinter mir, mein Fels in der Brandung der vielen Auf und Abs, die mich während des Schreibprozesses begleiten, und auch sonst im Leben. Danke, dass du immer für mich da bist!

www.astrid-topfner.com
www.instagram.com/astrid_topfner
www.facebook.com/astrid.topfner

WÜRDEST DU MIR HELFEN?

Dann hinterlasse doch bei deinem Lieblingsportal eine Rezension. Zwei, drei Sätze genügen tatsächlich schon, und du hilfst mir, meinem Buch mehr Sichtbarkeit zu verleihen.

Denn es ist für uns Selfpublisher richtig schwierig, uns gegen die von dicken Werbebudgets unterstützten Verlagstitel zu behaupten.

Außerdem können interessierte Leser dank der Rezensionen besser abschätzen, ob ihnen das Buch gefallen könnte.

Win-win für alle also!

Ich danke dir für deine Unterstützung!

ÜBER DIE AUTORIN

Astrid Töpfner wurde 1978 in der Schweiz geboren. Nach ihrer Ausbildung zur Tourismusfachfrau zog es sie in die weite Welt; sie lebte auf den Kanaren, in Mexiko und Los Angeles, bevor die Liebe sie nach Spanien zog. Dort wohnt sie seit 2005 mit ihrem Mann und den zwei Söhnen.

Neben ihrer Familie liebt Astrid Töpfner Regen, Eiscreme und den Geruch der wilden Kräuter, die in der wunderbaren Landschaft ihrer neuen Heimat wachsen. Quer durch den hügeligen Naturpark hinter ihrem Haus zu wandern oder am Strand die Füße in den warmen Sand zu graben und dem Rauschen der Wellen zu lauschen sind ihre Arten, abzuschalten und neue Kraft und Inspiration zu sammeln.

„Wenn aus Winter Wärme wird" ist ihr zehnter Roman.

Weitere Bücher der Autorin – zeitgenössische wie historische – finden Sie auf den nächsten Seiten.

Bevor uns die Luft ausgeht

Elsa braucht dringend eine Auszeit von Familie und Job.
Ohne jemanden zu informieren, reist sie nach Barcelona.
Doch statt Erholung, findet sie Hinweise darauf,
dass ihre Mutter sie vierzig Jahre lang belogen hat ...
Ein vielschichtiger Familienroman über alte Wunden
und Neuanfänge.

Die Frau des Spatzen

Josefina möchte endlich sterben, Alba möchte endlich im Leben
ankommen. Die beiden Frauen könnten unterschiedlicher nicht
sein, und dennoch brauchen sie einander, um ihre Vergangenheit zu verarbeiten.
Ein ergreifender Roman über die Kraft der Freundschaft und
die Hoffnung auf ein langersehntes Wiedersehen.

Dort, wo die Feuer brennen

Siegertitel des Tolino Media Newcomerpreises 2022
Ein heißer Sommer in Spanien, ein tragisches Familiengeheim-
nis und ein spannender Wettlauf um die Wahrheit.
Atmosphärisch und bildhaft geschrieben, voller Emotionen und
Spannung!

Wenn Schmetterlinge fliegen lernen

Was hat ein mysteriöser Schmetterling mit dem frühen Tod von
Olivias Eltern zu tun? Ihre an Alzheimer erkrankte Großmutter
hat nicht mehr viel Zeit, die Wahrheit zu erfahren.
Olivia macht sich daran, nach den wahren Gründen zu suchen
– und stößt auf Unfassbares ... aber auch auf die Liebe.

zwar mittlerweile befahrbar und die Schneeketten sind montiert, aber ...«

»Warum Mehrzahl? Sie *hätten*?«

Chasper sah müde aus, und Kati wollte gar nicht wissen, welche Gedanken er in der Nacht gewälzt hatte. Sie wollte, sie könnte die schwarzen Schatten unter seinen Augen einfach photoshoppen, und dabei fiel ihr auf, wie wenig sie ihre Arbeit in den letzten zwei Tagen vermisst hatte.

»Martha hat Emma mitgenommen, die Zugstrecke ist noch unterbrochen und sie wollte, na ja. Du weißt.« Er schüttelte den Kopf. »Florian wird dann bei Rebekka und Tania mitfahren. Was für ein desaströses Wochenende.«

»Nichts davon war deine Schuld«, sagte Kati sanft, wollte ihre Hand auf seinen Arm legen und traute sich nicht. Er roch nach frischer Bergluft, und dieser Duft erfüllte sie mit einem fast schmerzhaften Sehnen.

Er wiegte wenig überzeugt den Kopf hin und her und humpelte dann in Richtung Küche. »Möchtest du Frühstück?«

Das Kaminzimmer badete in Sonnenlicht; die kleinen gläsernen Engel, die im Weihnachtsbaum hingen, reflektierten die Strahlen und die Nadeln verströmten einen angenehmen Geruch; es war so ein eklatanter Unterschied zu gestern, dass Kati für den Bruchteil einer Sekunde unsicher war, ob heute nicht eigentlich erst Samstag war, und alles, was gestern passiert

Was würdest du tun, wenn dir alles genommen wird?
Familie, Identität, Würde, Zukunft? Schweigen?
Oder aufstehen und kämpfen?
Ein aufwühlender Roman über ein dunkles Kapitel
der Schweizer Geschichte, den Kampf um das Frauen-
stimmrecht und eine Liebe, die unmöglich scheint.

Die Spanien-Saga

Atmosphärisch dicht erzählt, voller Wendungen und
Emotionen entführt die Trilogie die Leser ins Spanien der
turbulenten Jahre zwischen 1939 und 1981.
Eine fiktive Familiensaga, eng verknüpft mit den histori-
schen Ereignissen der Epoche.

Zeitfracht Medien GmbH
Ferdinand-Jühlke-Straße 7
99095 Erfurt, Deutschland
produktsicherheit@kolibri360.de